Asesinato en el Parque Sinaloa

Asesinato en el Parque Sinaloa

ÉLMER MENDOZA

LITERATURA RANDOM HOUSE

Asesinato en el Parque Sinaloa

Primera edición: octubre, 2017

D. R. © 2017, Élmer Mendoza

Publicado mediante acuerdo con Verónica Flores Agencia Literaria.

D. R. © 2017, derechos de edición mundiales en lengua castellana:
Penguin Random House Grupo Editorial, S.A. de C.V.
Blvd. Miguel de Cervantes Saavedra núm. 301, 1er piso,
colonia Granada, delegación Miguel Hidalgo, C.P. 11520,
Ciudad de México

www.megustaleer.com.mx

ISBN: 978-607-315-975-3

Impreso en México – *Printed in Mexico*

El papel utilizado para la impresión de este libro ha sido fabricado a partir de madera procedente
de bosques y plantaciones gestionadas con los más altos estándares ambientales, garantizando
una explotación de los recursos sostenible con el medio ambiente y beneficiosa para las personas.

Penguin
Random House
Grupo Editorial

Para Leonor

La muerte súbita es incomprensible.

FRED VARGAS,
Tiempos de hielo

Algunos ilusos aún esperan
que los asesine la vejez.

ALFONSO OREJEL,
Album negro

1

Maté al pendejo de tu novio. ¿Escuchó bien o eran los *whiskies* ingeridos? Me pidieron que te avisara. El pistolero había cerrado la puerta tras él y Larissa lo miró atentamente. ¿Es un regalo de quien creo? Era noche cerrada y estaban en la sala de su casa, Sin Bandera a bajo volumen, la pistola del asesino en su cintura, fuera de la camisa azul cielo, con una ligera mancha negra en una manga. Supo que el tipo no le diría más sobre eso. Mucho tiempo anheló escucharlo, Pedro Sánchez era un maldito estorbo que la había colmado hacía tiempo; era tan idiota que al toparse con el Grano Biz en el lugar y el momento equivocados, es decir, en esa misma sala y cuando estaba con ella, no hizo lo que toda persona sensata habría hecho: largarse a ver qué puso la puerca. Larissa vestía una falda floja y una blusa holgada sin brasier, ambas blancas, leía un documento sobre los derechos sexuales de las mujeres. Por el contrario, el imbécil provocó al Grano hasta que un sicario, así de flaco como éste, lo sacó a patadas. Vivió aterrorizado por unos días hasta que concluyó que nada le pasaría y que podría regresar a Culiacán tranquilamente, con más pena que gloria; sin embargo, Pedro era un hombre poco inteligente y pésimo a la hora de prever.

¿Cómo está el más cabrón de los seres hermosos? El jefe, feliz, parece que su nueva conquista está embarazada y vive celebrando. Algunas plantas reales, un librero con libros y cuadros originales en las paredes hacían la estancia más habitable. Para una mujer que tiene un novio estúpido y se convierte en amante de un narco poderoso es fácil explicar la vida, aunque a veces perciba las puertas del infierno. Sobre la mesa de centro dos vasos vacíos.

Una noche de ésas en que no paraba de sonar su celular el Grano lo sentenció: Voy a matar a ese hijo de la chingada, me tiene hasta la madre, se cree tu dueño, el puto. Es pendejo, ya te dije, todos los días le doy gas y no agarra la onda. Pues voy a hacer que la agarre, y apaga esa chingadera que ya me tiene hasta los huevos; si insiste no amanece el cabrón, y no quiero que lo veas, ¿entendiste? Manifestó esto tres semanas antes, y ellos se siguieron encontrando porque cortar a un imbécil requiere de exageradas dosis de crueldad que ella no practicaba, aunque era dura y vocinglera. ¿Te refieres a miss Municipio? Es la que rifa ahora. Me alegro por él, aunque esos niños tendrán la madre más puta de Sinaloa. El sicario, un hombre delgado que olía bien, la miró a los ojos. Verdes. El pedo es que estás en la polla, mi reina. Percibió el rictus de su boca, la volcadura de su corazón, el hierro en la sien. ¿Y mi niña, quedará completamente sola? Reflexionó. Valiendo madre, el Grano fue muy claro: Si sigues con ese cabrón a ti también te va a cargar la chingada, pinche puta; luego agregó: Desde chiquito, cuando prometo algo, lo cumplo, sea lo que sea, y si amenazo, olvídate de que me eche para atrás o se me olvide. Aunque estés echa bolas, nada te salvará, mi reina: irás directo al infierno, añadió el sicario con voz segura.

Una lámpara iluminaba el sillón donde se encontraba, el resto de la sala se hallaba en penumbras. Lo tenía claro. Pinche

Pedro, hasta ella resultó atropellada por su estupidez. ¿Qué tenía que hacer yo con este idiota?, ¿nomás porque era simpático? Ni siquiera era bueno en la cama, y lo peor, el Grano tampoco, ¿qué les pasa a los hombres de ahora?, ¿por qué nos dejan morir solas?

¿Es la orden que tienes? Is barniz. Ni hablar, el Grano era hombre de palabra, ¿valdría la pena coquetear un poco con el flacucho? Es el recurso femenino de la dignidad. ¿Me vas a matar? Vieras cómo me da pena. ¿Qué pregunta era esa, Larissa? Quien juega con fuego se quema, lo sabes. *Naranja dulce, limón partido, dame un abrazo que yo te pido.* Si no tiene remedio, me consuela saber que me mata un hombre sexi, se ve que eres más cabrón que bonito, ¿o no? El tipo se atragantó, Larissa era una belleza de cuerpo perfecto y rostro hermoso que imponía; aunque el terror la tuviera al borde del infarto, su mirada y sus labios eran una invitación a la intimidad. Primero muerta que apocada, era su frase, algo que Pedro sufrió con paciencia. ¿Por qué no me das mi despedida, papi? Se corrió la falda, dejó ver unas piernas frutales y una tanga de lunares falaz. El sicario experimentó un leve impacto en su miembro, ¿valdría la pena? Bueno, ¿por qué no? Sus tetas eran puntiagudas. ¿Me coges rico, papi? Le tocó el bulto más bien laxo. Uy, qué grande, te estás viniendo, papá. No tenía ningún deseo y tampoco creía en Dios como para esperar un milagro, pero era su última oportunidad, había visto al tipo en dos ocasiones cuando le llevó recados del Grano y le parecía abominable, ese rostro seco y feroz la indisponía, lo mismo experimentaba ahora pero tenía que intentar algo: Que no tenga razón el poeta cuando dice "algunos ilusos aún esperan que los asesine la vejez". Recordó de nuevo a su hija, una niña de nueve años que vivía con su abuelo; en ese momento era evidente que sus palabras habían causado efecto; se puso de pie, el arma del sicario continuaba en su sitio, el tipo olía también a tabaco y sudor. La canción que se oía le pareció una puñalada: *Entra en mi vida, te abro la puerta*. Ven, despídeme como el hombre que eres, papá; Larissa apretó el bulto aún flácido, se quitó la ropa, olfateó su tanga de licra. Mmm, sonrió y la colocó en la cacha de la pistola. Lo tomó de la mano: dura y fría, la de ella igual de fría, y lo llevó a su cama. Se acostó mostrando su sexo depilado.

El tipo la observó, no sabía qué hacer con los ochocientos demonios que revoloteaban en su mente. Larissa pensó: Tengo cuarenta y tres años, diez más que la edad de Cristo que es un referente para los hombres, ¿qué significa para las mujeres alcanzar esa edad? Nunca lo pensé, ¿y este cabrón?, podría darle una mamada de ensueño pero me da asco, mejor que venga aquí y me penetre; tampoco se la di a ese pendejo que se acaba de ir y que se quiere casar conmigo. Meditaba en esto cuando tocaron la puerta y susurraron su nombre. Abrió sin ver y se volvió a sentar, pensó que era el galán que le proponía matrimonio que ya le había llamado algunas veces. No creo que deba hacerlo, murmuró el sicario, tomó la pistola con todo y tanga y black. Le acertó en un ojo.

Calor húmedo.

Sin echar un último vistazo al cuerpo que segundos antes se le ofrecía, tomó la tanga, la olió con un profundo suspiro, la dejó caer en la alfombra, colocó el arma en el abdomen de la víctima y abandonó la habitación.

La música era el recuerdo de la primera angustia.

Los parques son los ojos con que las grandes ciudades miran el mundo. Trotaba lento, sintiendo cada paso en las piernas, short azul, playera negra, tenis Nike. No sabía por qué pero estaba triste. Dos chicas de cuerpos perfectos lo rebasaron en una de las entradas del bulevar Rosales. Se ven mejor que la pinche Larissa, qué mujer tan batallosa, Dios mío, realmente no tiene lado, y ese viejo cabrón que me pidió que me retirara por las buenas porque le había propuesto matrimonio. ¿Qué hice? Lo mandé a la chingada. Del bulevar le llegaba el sonido del tráfico, de algunos cláxones. Estaba amenazado, lo sabía. Maldito narco apestoso, nomás porque les armé un pancho en la sala. Pinche vida, y él que desde siempre trataba de vivir correctamente, trabajando en lo que salicra sin preocuparse demasiado ni molestar a su papá; ahora estaba enamorado hasta las cachas de una mujer que se acostaba con cualquiera y todos se sentían sus dueños, hasta ese carcamal que se quería casar con ella y que presumía de hacer respetar la ley. Se clavó en las muchachas, en sus trajes de licra rojos y se le antojó acariciar sus cuerpos húmedos. Las mujeres han creado el mundo, saben todo sobre el amor, la locura y la guerra. Le gustaba estar en forma y allí no lo buscarían. Son el pensamiento que todo hombre necesita para cumplir sus sueños. Pero se equivocaba, alguien tenía prisa por mandarlo al infierno. Trotaba en una curva cuando se le atravesaron dos sujetos. Compa, qué bien te ves corriendo, expresó con cierta simpatía uno que fumaba. Con razón dicen que eres el güey más calote de la ciudad. Al más serio lo reconoció, eso le dio la idea de quién los enviaba y para qué. Las mujeres se hallaban fuera de su vista, sólo en el campo de golf aledaño, a unos doscientos metros, un trabajador regaba el césped recién cortado. ¿Qué era pertinente responder? Ni idea. Se detuvo y los miró a los ojos: fríos, rojizos, parpadeos lentos. *La naranja se pasea, de la sala al comedor, no me partas con cuchillo, párteme con tenedor.* Ustedes deben ser los hermanos Coen. Los tipos, perfectamente afeitados y vestidos con gusto, se echaron una mirada, el que fumaba soltó el humo. ¿Quiénes son esos güeyes, compa? Observó los rostros siniestros de los que conviven con la muerte. En una de las casas del otro lado del muro que limitaba el parque se apagó una luz, el calor debía estar en los 38 grados. ¿No son hermanos? Se parecían: blancos, uno setenta y cinco, delgados. Dios me libre de ser hermano de esta sabandija, ¿no le han dicho lo sanguinario que es? El aludido le clavó una mirada de pez buitre. Somos quienes lo vamos a matar, compa, nomás que este güey siempre se pone a platicar con los sentenciados. Sabía que era cierto y que nadie lo salvaría, así que tragó saliva y dejó que su cerebro se perdiera. ¿Por qué? Era abogado, regenteaba un despacho de cobranzas y vivía al día, todos sabían que su cordialidad era su principal virtud; sin embargo, en las últimas semanas la vida se le había convertido en alfombra de clavos; la relación con Larissa estaba colapsada y sin tener razones demoraba su regreso a Culiacán, seguramente dudaba de si sería una decisión correcta; lo había comentado con su padre que no mostró demasiado entusiasmo. ¿Quién los manda? Lo esperaba, después de provocar estúpidamente al Grano estaba seguro de que su destino se hallaba marcado; sus deseos de vivir le hicieron pensar que se tardarían, pero se había equivocado. Al lado, un árbol de tronco grueso protegido por una cerca. Especuló que no lo buscarían en el parque, por eso trotaba descuidado, algo que su padre le pidió que evitara, pero el viejo vivía lejos, y el Parque Sinaloa era tan bello que recorriéndolo se podía pensar en todo menos en morir. ¿Y si fuera el viejo? Nos dijeron que usted era muy pendejo, que nunca imaginaría quién nos mandaba pero que sí sabría para qué. Bueno ya, vamos a darle piso y allá que le pregunte a san Pedro. ¿Crees que vaya al cielo? No. ¿Lo ve, compita, ya se dio cuenta de por qué este lagartijo no puede ser mi hermano? Suficiente plática, ¿no? Compa, venga para acá, vamos a terminar esto, ese pozo se ve bien, para que no lo encuentren pronto. Y si lo hallan pues ya estaría de Dios. No sean crueles, está muy martirizador eso de morir en un pozo. Usted camine y no diga pendejadas, fumó con fuerza.

¿Cómo la ves, Valente? Digo que está bien. Ya escuchó al esperpento, lo tomaron de ambos brazos, abandonaron el camino por donde todo mundo caminaba o corría. En la mínima oscuridad llegaron al pozo. Dos autos aceleraron en el bulevar, tocaron el claxon. Está seco. Mejor, para que no le coman los ojos los pescados. Compa, dicen que usted es un bato simpático, pendejo pero agradable, y me pcsa matarlo. Le expresó el parlanchín y disparó dos veces al pecho salpicándose un poco la manga de la camisa, el otro le descerrajó un tiro en el abdomen. El cuerpo se derrumbó sobre el brocal. Sólo lo empujaron con cierta delicadeza para que cayera dentro. El hablador lanzó el cigarro al suelo mojado y se alejaron.

Un claxon mentaba madres frente al teatro de la ciudad.

2

¿Amor verdadero? Por favor, Ger, si no sé lo que es el amor fingido menos voy a saber lo que es el amor verdadero. Sonaba "Sorry Seems to Be the Hardest Word" con Elton John y el Zurdo se sentía fuera de todo. No sólo el orgasmo es una muerte chiquita, también lo es esta clase de miseria en la que sientes que no eres nadie, que estás de sobra, que vivir es una tarea imposible. La verdad no entiendo por qué no toma las llamadas de la señora Susana, de tanto que habla ya hasta nos hicimos amigas, algo que nunca pasó cuando ella vivía aquí. Es buena chica y excelente madre. Además está muy guapa, no diga que no, y tiene bonito cuerpo. Mendieta se sirvió el penúltimo trago de la botella de Macallan y lo bebió con insolencia, no le importó rociarse la barbilla sin afeitar. Se encontraba en la sala de su casa, despeinado y rojizo, ojos apagados, rostro de perdición. Olía mal. Su interés por la vida era leve, incluso estaba muy delgado. Esa mañana agredió verbalmente al comandante Briseño y lo echó de la casa sin la más mínima consideración a su persona y a su investidura, no quiso ver a Daniel Quiroz, que estaba más interesado en su salud que en lo que pudiera ser noticia; sólo recibió a Gris Toledo a eso de las tres de la tarde, cuando le trajo su liquidación, aunque debía pasar a la jefatura a firmar y entregar sus trebejos. Se guardó el cheque en un bolsillo del pantalón. Jefe, no se retire, es muy joven, la oficina no es lo mismo sin usted y no hemos resuelto ni un solo caso; tenemos uno que está terrorífico sobre el robo de combustible en Pericos, están pesados dos huachicoleros. No volveré, Gris, no seré más policía ni investigador privado ni nada; es una profesión muy ingrata, no me puedo olvidar de cómo me corrió el comandante mientras se tragaba una maldita ensalada de verduras que espero lo haya indigestado. Pero estamos nosotros, jefe, usted siempre trabajó con el grupo y nunca le hizo el menor caso al comandante Briseño. Gris, duele volver al mundo, de veras, todo está al revés, el meridiano de Greenwich está en Navolato, ¿lo puedes creer?, y la violencia es un horror, todos los días escucho balaceras y ya no quiero saber nada de eso. Haga un esfuerzo, jefe, por favor, acá todos somos sus amigos y lo extrañamos. Con este dinero voy a poner un burdel como en la película *Bella de día* y las chicas serán mujeres maduras que quieran ayudar con el gasto de su casa; si tienes a una amiga que quiera trabajar, mándala para acá, le pediré a Montaño que la evalúe. No le creo, usted no tiene esa mentalidad, mejor no renuncie, hágalo por Jason. Mi hijo está bien, mutilado pero bien; aún no hemos podido hablar por razones de seguridad pero mi hermano nos mantiene informados, sigue en la escuela y a finales de julio correrá nuevamente la milla.

Un minisplit de una tonelada mantenía fresca la sala. Mientras hablaban el Zurdo bebía despacio, como con pena delante de su colega, que con el matrimonio se había puesto más hermosa. A esa hora la botella estaba casi llena. ¿Sabes qué es lo único malo del *whisky*? Ni idea. Que se acaba. Sonrió por cortesía y por más razones que esgrimió no lo convenció de volver. Cuando la detective se marchó, Ger le llamó la atención pero también fue inútil, Mendieta tenía un nuevo pacto con el diablo y no lo pensaba violar. Entró otra llamada de Susana, que marcaba todos los días, pero sólo conversó con la de siempre. ¿De veras está muy mal? Ay, señora Susana, se comporta como si no tuviera remedio, como si el malandrín fuera él, y tampoco quiere comer. Voy a ir a Culiacán pero no le digas. Ay, qué bueno, yo creo que usted si podrá meterlo en cintura y sacarlo de este hoyo de basura en el que se ha metido, no crea que se ve bien. Esa mañana Ger les arguyó a Montaño y a Ortega que no lo podía despertar. Aceptó saludar al Gori, pero le pidió que lo disculpara porque de momento tenía prohibido hablar más de un minuto. Hortigosa le deseó pronta recuperación y se retiró sin ningún reparo.

Zurdo, si no quiere dejar de tomar, no lo haga, pero lo que sí debe hacer es bañarse; si va a ser alcohólico el resto de su vida al menos sea un alcohólico decente, y también tiene que comer, ¿de acuerdo?, ahora me tengo que ir pero mañana será otro día; o se baña o lo baño, ¿le queda claro? Sonrió, era una sonrisa sin labios. Ger salió, él permaneció quieto en su sillón favorito durante unos momentos, luego tomó la botella de la que restaba algo más que las gotas de la felicidad, iba a beberlas directo cuando empujaron la puerta y entró Abel Sánchez, su mentor y primera pareja en la policía, cuando era joven e inexperto. Ei, viejo, qué sorpresa. Setenta y dos años, estatura regular, correoso; vestía camisa blanca y pantalón negro. Veo que sigues fiel al *whisky* y a esa musiquita dormilona. Elton John cantaba "Can You Feel the Love Tonight". La mitad de la humanidad mantiene su fidelidad a los vicios y no tenemos remedio, mi estimado maestro. Se abrazaron, el Zurdo con la botella en la mano. Siéntate, amigo, ¿gustas algo?, lo único que tengo es *whisky*, ahora mismo abro otra botella. Estoy bien, sentémonos, y gracias por recibirme, encontré a Ger afuera y me dijo que no has querido hablar con nadie, lo mismo me ha dicho Ortega, y que has dejado la policía. Me liquidaron, hoy me trajeron el cheque, ¿y tú, viejo, sigues cosechando zanahorias y rábanos? Esta vez sembré calabazas y pimientos y se ven muy bien. Eres todo un agricultor. Lindo carro, eh, se nota que te aumentaron el sobre. Sonrieron, el Zurdo no quiso ahondar en cómo había llegado el nuevo Jetta a su cochera. Y lo mejor, amigo, es que puedes usarlo cuando quieras. Gracias. Callaron. Mendieta, que seguía con la botella en la mano, tenía el cerebro revuelto y Sánchez lo observó con tranquilidad. No me parece mal que dejes la policía, siempre llega el momento en que hay que hacerlo, pero antes necesito que me hagas un favor. Pide lo que quieras, viejo, que para eso son los amigos, y no necesito ser policía para cumplirte. El antiguo agente se le quedó mirando y dejó escapar un par de lágrimas. Ah, cabrón. El Zurdo advirtió que tenía los ojos rojos y muy cansados, como si tuviera muchas horas sin dormir. Edgar, mataron al Peri, mi único hijo, quizá lo recuerdes. El detective supo entonces por qué su viejo maestro lo había visitado. Claro que lo recuerdo, un morro muy simpático. En Los Mochis, Edgar, lo encontraron en el Parque Sinaloa el sábado por la mañana, hace tres días, lo enterramos hoy a mediodía aquí, junto a su madre, platiqué con el comandante Rendón, que está a cargo de la plaza, y dice que la indagación avanza; con él trabaja el Pargo Fierro, un poli de la vieja guardia que me confió que al parecer no habrá investigación y que si la hacen irá muy lenta; quiero que te encargues, Edgar, y espero que no sea mucho pedirte.

De nuevo guardaron silencio. Mendieta colocó la botella sobre la mesa de centro aún con el resto de licor, recordó los consejos, las risas, los misterios que no resolvieron, las balaceras y también que fue el primer rostro que vio cuando volvió en sí después de haber estado una semana en coma. Un amigo es el símbolo de la buena suerte. Recuerdo que decías que en la policía los lunes eran los días en que las gallinas más ponían. Hoy es lunes, Edgar. El Zurdo afirmó con una sonrisa ligera, luego sacó el cheque de su liquidación y lo rompió. ¿Tienes idea de por qué no habrá investigación?

En el estéreo continuaba Elton John, "Nikita".

3

El sicario parlanchín subió a la camioneta con dos tacos de carne asada, había encargado seis docenas para el grupo con el que convivían y le dio uno a su compañero.

Minero, tengo una pregunta desde el viernes que no se me va de la pinche mollera, tú me disculparás.

Hoy es miércoles, suéltala, no se te vaya a pudrir la choya; allá en la sierra no hay choyas, pero todos entienden de qué les hablas cuando dices la palabra, ¿qué onda?

La carreta de tacos tenía muchísima gente pero a ellos les darían prioridad. El que preguntaba corrigió antes de dar un bocado.

Más bien son dos, la primera, ¿por qué me llamaste lagartijo y sabandija cuando despachamos al simpático del parque? Además dijiste mi nombre y eso no está bien.

Ah, estaba jugando, no pensé que te molestara, ¿tú crees que el bato se acuerda de tu nombre? Debe estar rostizándose en el infierno, te apuesto un cartón de tecates a que se le olvidó.

Pues no me gustó, y prefiero que no lo vuelvas a hacer.

De acuerdo, discúlpame, bato, también por lo de lagartijo y sabandija.

Está bien, la otra es: ¿fue muy difícil matar a la vieja?

El Minero lo miró, su amigo, compañero de tantas fechorías estaba serio, por tanto no debía bromear.

¿Me creerás que no hablé? Sólo le dije a lo que iba y ya, le di piso.

¿Pero no sentiste lástima o algo, lo que sea?

No, simplemente era una mujer que me tocaba bajar y cumplí.

El Minero masticaba, trataba de olvidar la visión de Larissa que por cuatro noches no lo dejaba dormir; Valente le dio una mordida a su taco. Calle semioscura. Calor húmedo.

Jamás he podido matar mujeres.

Nunca me lo habías comentado.

Mi mamá era muy dura, nos pegaba y nos dejaba sin comer por cualquier pendejada; la única vez que traté de darle p'abajo a una vieja imaginé que era ella y que se me echaba encima con un garrote y nomás no pude.

Con razón no quisiste acompañarme.

Masticaron en silencio.

Después, cuando ya andaba en esta onda me mataron una novia.

¿Con la que te ibas a casar?

Is barniz, por eso nunca me casé.

A mí me pasó al revés, maté a mi novia porque la encontré platicando con un cabrón y perdí la tierra y mi trabajo en la mina.

¿No sentiste nada?

Un chingo de coraje, el compa se me escapó por los pelos; sin embargo, no pasó un año para que lo encontrara y le diera su merecido; la verdad me he echado como siete viejas.

Con razón estás bien curtido.

¿Sabes una cosa?, la vieja me quiso seducir.

¡Qué!

Lo que oyes, se quitó la ropa, acuérdate de lo que sabíamos, que era bien cachonda y que se acostaba con cualquiera.

Me tocó sacar al novio a chingadazos porque ella se quería quedar con el jefe.

Milagro que no te reconoció.

Porque era pendejo, además, ¿de qué le hubiera servido? Oye, siempre decíamos que estaba bien buena, ¿qué te pasó cuando la viste bichi?

Casi lo mismo que cuando maté a aquella novia; algo así como estás bien buena pero te chingaste, pinche puta.

Conversaban en una Toyota negra y Valente era el conductor.

Lo he pensado y creo que nunca podré matar a una mujer.

Cabrón, el viernes ni siquiera quisiste entrar a la casa de la mujer; mira, no te preocupes, si se ofrece, yo me encargo; ¿cómo está tu chaparrita?

Bien, en casa, sólo espero que no extrañe su vida anterior.

Nunca pensé que te fueras a clavar con ella.

Yo tampoco; ahí traen los tacos, checa que te hayan puesto salsa picosa de la que le gusta al jefe Lavcaga, y gracias, compa.

Gracias a ti, en este jale no es bueno tener secretos con el acople, si se te ofrece, ya sabes.

La Toyota negra se alejó hacia una calle iluminada.

4

Martes. Verano. Doce del día. Mientras conducía hacia la jefatura oyendo "Parisienne Walkways", con Gary Moore, llamó a Briseño para que lo recibiera, convocó a Gris, Ortega y Montaño, a quienes no permitió hacer comentarios. Calladitos se ven más bonitos. La noche anterior, con un buen regaderazo, una afeitada al ras, medio plato de caldo de pollo que se metió resistiendo las ganas de vomitar y un par de Nescafés, su aspecto de indigente empezó a desaparecer, luego puso a cargar su viejo celular que Gris recuperó un mes antes de una maceta con zacate verde. Sánchez esperó a que saliera del baño, lo acompañó a cenar y aceptó a regañadientes la negativa de que fueran juntos al norte del estado donde su hijo había sido acribillado con un disparo en el abdomen y dos en el corazón. Mientras comían le hizo un perfil del abogado Pedro Sánchez Morán, que apareció como una blanca palomita que tenía su nido en un verde naranjo. No comprendía por qué no se investigaba y poco sabía del comandante Rendón. ¿Y del Pargo Fierro? Buen amigo, cultivaba una aceptable relación con Pedro; debe estar a punto de jubilarse.

Esa mañana, de la mano de Ger, desayunó todo lo que le sirvió y aunque se negó a tomar la llamada de Susana, sintió que el mundo valía por la gente que a uno le consta que está ahí. A las once aceptó cuánto le dolía la cabeza y que transpiraba más de la cuenta, bebió dos tragos dobles de Macallan y después un café para mantener quieto al enemigo.

Briseño hablaba por teléfono cuando entró con la complicidad de la secretaria, que respondió a un guiño de Angelita, quien no podía ocultar su alegría por la vuelta del jefe. Disculpe, señor, contaba con usted para este asunto. Breve silencio. La verdad esperaba mayor colaboración. Indicó al detective que se sentara. Si le parece le marco en cinco minutos, por supuesto, entiendo, es una verdadera lástima, señor. Expresó y colgó, se relajó un instante. Edgar, aquel día fui muy severo contigo, te traté de lo peor, pero ayer me lo devolviste con intereses, así que estamos a mano. Con todo respeto, comandante, no compare una cosa con la otra, me estaban persiguiendo como a una rata, como si fuera el enemigo público número uno de la Federal y del Ejército y usted me dejó solo, me abandonó como pinche basura. Mendieta lo miró duramente. Ayer lo único que hice fue recordárselo. No exageres, y no negarás que te metiste donde no debías, pero dejémoslo así, ¿qué te parece? Cuentas claras amistades largas, comandante, convino el Zurdo. Tengo entendido que te reincorporas. Extraño las balaceras y el olor de mi oficina. No seas hablador, y en cuanto a tu grupo, nunca imaginé que fueran tan sentimentales, nada más les faltó subir de rodillas La Lomita para que la virgen de Guadalupe les hiciera el milagro de tu regreso. Amor del bueno, comandante, no lo dude. Se midieron. Estás muy flaco, Edgar, tienes que cuidarte, ya sabes a qué me refiero, y desde luego que no ignoras a qué hueles. Voy a volver pero con una condición. Hizo caso omiso al comentario. Tienes tu puesto, tu categoría, te regresaré tu pistola y tu credencial, pero no puedes poner condiciones, no me molestes con eso. Claro que puedo, y no creo que le afecte, mataron al hijo de Abel Sánchez en Los Mochis y quiero encargarme de la investigación, ésa es mi condición. Me enteré. Levantó el teléfono interno. Señorita, envíe nuestras condolencias al agente jubilado Abel Sánchez, su hijo Pedro fue asesinado en Los Mochis el viernes pasado. Colgó. Si es eso, adelante, y qué bueno que eres capaz de hacer algo por tu antiguo compañero. Voy a llevarme al grupo. Briseño endureció el rostro. ¿Qué te pasa, crees que no tenemos trabajo aquí?; en Culiacán la delincuencia se casa y bautiza hijos pero no para de dar lata, ¿no lees los periódicos? Sólo la sección de sociales. Eres una calamidad, ¿cuántos días? Comandante, somos policías mexicanos, ¿cuánto cree que nos tome encontrar un sospechoso y comprobar que él fue? Eso depende. No le fabricaremos un culpable a Sánchez, ¿o sí? Está bien, pero en cuanto tengan algo regresan, tenemos una cadena de robos de gasolina con muertos incluidos en la que no damos pie con bola, esos periqueños están locos. Pediré a Gris que me ponga al tanto mientras viajamos. Que Montaño se quede, sólo si necesitas exhumar el cadáver lo mandas llamar. Ok. Vayan a comer al Farallón, tiene una carta inmejorable en comida del Mar de Cortés. Ordene que nos den triples viáticos, porque los de ahora apenas nos alcanzan para los tacos de canasta. Hablando de eso, ¿regresaste el cheque de ya sabes? Me lo gasté. No tienes remedio, sacó de su escritorio un sobre manila con dinero y se lo pasó, era una paga sin origen que recibían por no ver, no oír y no hablar. Casi no te toca. Quiere decir que terminaré bien mi día. Espero que no te lo pases por la garganta. Ya veré; oiga, comandante, ¿qué onda con mis perseguidores? Puedes estar tranquilo, está más que arreglado con el Ejército y con la Policía Federal. Órale.

Al día siguiente salieron muy temprano.

Jefe, qué lindo carro. Realmente es una calabaza, así que no le tengas mucha confianza, después de cierto tiempo podríamos terminar en el asfalto. Atrás los seguía una camioneta de doble cabina con Ortega y sus técnicos. El Rodo le manda un abrazo, se puso feliz con su regreso. ¿Salió mandilón? Creo que sí. Le das dos de mi parte. Cuénteme del caso. Al parecer, a Pedro Sánchez lo mató su novia, que después se suicidó; hasta donde se, Abel sólo tuvo ese hijo, treinta y dos años, abogado de profesión, casado a los veintidós, divorciado a los veintitrés; trabajaba de cobrador de clientes morosos y andaba con la idea de volver pronto a Culiacán; vivía con normalidad; su relación con el padre era distante pero cordial; como puedes ver, Sánchez no sabía gran cosa de su vástago. ¿Vivía solo? Abel cree que sí, según el informe de nuestros colegas mochitenses, su novia lo asesinó de tres balazos en el Parque Sinaloa y luego se suicidó; Sánchez, un poco como padre y otro tanto como detective retirado, abriga ciertas dudas; al velorio, que fue en Los Mochis, sólo asistió un grupo de amigos con los que desayunaba los jueves; la madre murió hace años y lo enterraron con ella en Culiacán; me contó Sánchez que no recibió ninguna condolencia, nadie se acordaba de su hijo, incluso el comandante ordenó enviar condolencias hasta que se lo mencioné. Iban por la carretera Costera, una bella ruta que atraviesa extensos predios agrícolas claves para la economía nacional. Me encantan las historias clásicas. Son la sal de la vida, sin embargo, como te digo, el padre, que era un policía muy suspicaz, no la cree, incluso un agente amigo le comentó que ya cerraron el caso, por eso nos ha buscado. Veo el asunto muy hecho, jefe. Es verdad, un asesinato en un parque, de tres disparos y en estos tiempos, no encierra mayor misterio; espero que no tengamos que exhumar el cadáver. ¿Por qué vivía acá?, pregunta Gris.

Hace ocho años se vino a trabajar y según su padre no le iba mal, al menos nunca se quejaba. Su exmujer, ¿es de Culiacán? Parece que sí, es maestra normalista y el Peri no la vio más después de la separación, creo que no tuvieron hijos. Escuchaban a Europe, "The Final Countdown". La autopista se hallaba cargada de camiones que transportaban pepinos, berenjenas, pimientos y tomates a Estados Unidos y Canadá. ¿Encontraron el arma? Parece que sí, la empuñaba la novia en su lecho de muerte. Toparon dos retenes de la Marina, en el primero los dejaron pasar con sólo decir que eran policías; en el segundo, a pocos kilómetros de Los Mochis: ¿Policías?, identifíquense. Le mostraron sus placas. ¿Adónde se dirigen? Aquí, a esta ciudad. Un momento. El marino fue a un toldo oscuro rodeado de camionetas grises y presentó los documentos a un superior de mediana edad, delgado, que los observó, los revisó en una laptop, miró hacia el Jetta e hizo algún comentario porque el marino afirmó con la cabeza y regresó a su puesto. ¿El vehículo de atrás viene con ustedes? Así es. Que tengan un buen viaje. Abandonaron el lugar, despacio, seguidos por Ortega y su personal.

¿Por qué tantos retenes? Están buscando a Si Ya Saben Cómo Soy Para Qué Me Atrapan. Qué apodo tan largo el de ese señor, ¿sí? Es el Perro Laveaga, fugado del Penal de Barranca Plana, fortaleza inexpugnable, cuyas puertas decían que era territorio americano. Por cierto, de su amiga no se habla, como si se la hubiera tragado la tierra o se hubiera muerto. ¿Muerto?, esa mujer va a vivir más que tú y yo juntos, agente Toledo, y si no la mencionan es por algo, esa gente tiene el control de todo. Se escuchó el toque de carga del Séptimo de caballería del celular del Zurdo. Qué bueno que sirve, jefe. Contesta. Es de su casa; hola, Ger, ¿cómo estás? Muy bien, Gris, gracias, ¿está el Zurdo contigo? Sí, vamos llegando a Los Mochis en una misión. ¿Va tomando? No, viene manejando. Por favor, Gris, pon el celular en altavoz, ayer tomó menos pero no dejó de echarse sus buenos tragos, quiero saber cómo se siente. ¿Qué pasó, Ger? Pues nada, sólo que me puso un susto, no sea mal educado, bien que pudo dejarme un recado de que se iba, acaba de llamar la señora Susana y quedó muy preocupada. Márcale y dile que estoy bien. ¿Y si le quiere hablar? Que cuando regrese le llamo, coméntale que volví al trabajo y que no he olvidado su propuesta. Zurdo, qué gusto me da que se comporte como un hombre cabal. Gracias, Ger. Y trate de controlar ese maldito vicio. No te preocupes, todo está en orden. ¿Le digo a Susana que tiene el mismo celular? No, sólo lo que te dije.

Expresó que todo estaba en orden pero no era así, le dolía la cabeza y empezaba a transpirar más de la cuenta, recordó el sonido del corcho al salir de la botella de *whisky* y el del líquido al caer en el vaso y sintió la boca seca. Chingada madre, me está llegando la malilla, Ger tiene razón, es un pinche demonio echando lumbre por la boca.

A las diez de la mañana entraron a una urbe de trescientos cincuenta mil habitantes, famosa por su ingenio azucarero ubicado prácticamente en el centro, al lado del teatro de la ciudad, un edificio del primer mundo, y del museo interactivo Trapiche, punto obligado en la educación infantil de la región; urbe conocida también por ser cuna de boxeadores, futbolistas y beisbolistas de alto rendimiento. En las oficinas de la Policía Ministerial los recibió el comandante Rendón, Mendieta le explicó a grandes rasgos la causa de su presencia allí. El policía de sesenta años, grueso, pulcro y vestido de uniforme, escuchó con displicencia. No sé si tú seas el indicado para investigar el caso de Pedro Sánchez, ¿qué no te persigue la Federal? Ya no, ayer nos tomamos un doce y próximamente voy a ser padrino del hijo menor del comandante. De cualquier manera voy a llamar a tu superior, no confío en sinvergüenzas, esperen afuera. Mendieta se descompuso pero comprendió que debía salir sin decir palabra. La vida tiene instantes amargos que no hay manera de eludir. Ocho minutos después abrió nuevamente la puerta; el Zurdo decidió esperar en el auto, así que Gris Toledo recibió el expediente que debía fotocopiar y la afirmación de que cualquier cosa la harían solos porque no tenían personal ni presupuesto para ayudarlos. Le dije al comandante que era caso cerrado pero es terco y quizá tenga alguna amistad con el padre, se ve que protege a ese delincuente que te acompaña, dile que aquí somos policías decentes y que no dejaré que la contamine una escoria corrupta como él, no crea que me engaña, apareció tanto en televisión que lo reconocería en un centro comercial el mismo veinticuatro de diciembre, incluso tengo un video, ya lo he puesto dos veces para llamar la atención a los agentes que tengan tentaciones; aquí no dejamos que los narcos hagan de las suyas, en esta ciudad no hay casas de seguridad ni algún lugar donde puedan estar tranquilos. ¿Por qué dice que el caso está cerrado? Porque así es, lo mató su novia, la encontramos muerta en su casa, se suicidó con la misma pistola; todo viene en el expediente, así que si son prácticos, lo leen si les da la gana, van a comer al Leñador un buen corte y se regresan por donde vinieron. Nos dijo el padre que encontraron el arma homicida. Por supuesto, una Glock, además los casquillos levantados en el pozo donde amaneció el cadáver de Pedro en el Parque Sinaloa y el de la habitación de Larissa Carlón son del mismo calibre y el arma tiene las huellas de la occisa. Comentó el señor Sánchez que su hijo pretendía regresar a Culiacán, ¿sabe por qué? Tal vez quería huir de ella, que era una mujer de cascos muy ligeros, porque salvo ser un imbécil no tenía problemas. Pedro era cobrador. Sí, un trabajo bastante banal, pero que no le cuesta la vida a nadie. Gracias, comandante. ¿Briseño sigue cocinando? Parece que sí. Uno más que se equivocó de profesión.

Mendieta escuchaba música a bajo volumen. Imposible vivir tranquilo, cualquier desorden que cometas te cae y siempre hay alguien que te restriega tus errores, mierda de vida, ¿será por eso que los malandros no se corrigen?, ni sus madres les recuerdan sus aciertos y con los polis pasa igual, te chingas toda la vida embotellando asesinos, madreas a un sospechoso que resulta inocente y todos se olvidan de tu buen historial, es bien ingrata la sociedad; después de la jubilación puede que me den un diploma, una patada en el culo y me manden a ver qué puso la cochi. Lo bueno es que Jason está vivo, me encontré con Susana y tengo una propuesta para estar juntos. Me la tengo que pensar, creo que el matrimonio no es para todos; si lo fuera, no habría tantos pinches divorcios. Enrique le comentó a Ger que no hay problemas con el FBI, Morrison era víctima de severas obsesiones y nos arrastró a varios en sus loqueras; menos mal, aunque no les creo del todo, los gringos son bien mentirosos; ahora tengo que aguantar jetas como las de este pinche comandante panzón sin hacer gestos; todo sea por el viejo Sánchez y el tarambana de su hijo. La cólera que lo embargaba fue disminuyendo de tal suerte que cuando Gris apareció le había bajado varias rayitas, la que no disminuía era la ansiedad de echarse un trago. Justo en ese momento arribaron Ortega y su equipo, que se entretuvieron desayunando tacos de canasta, una de las delicias de la ciudad.

Revisaron el breve expediente de tres páginas y ocho fotografías sin encontrar nada relevante. Vamos al sitio, papá, esto a mí no me dice nada. Propuso el jefe de los técnicos. Quiero volver cuanto antes a Culiacán. No tengas tanta prisa, pinche Ortega, también tienes que ver la casa de la novia, según esto ella le dio piso y después se suicidó. Típico, si lo quieres rápido puedo utilizar una copia de algún caso anterior. Mejor vas y chingas a tu madre. Vienes filoso, pinche Zurdo, ya ni a la compañera respetas. Perdón, Gris. Tengo cera en los oídos, jefe, no se preocupe. Bueno, arre, vamos por esa madre.

Buenos días. Un poli con el pelo teñido de castaño y la cara roja se aproximó al grupo. Usaba grueso bigote y lentes para el sol. Escuché al comandante hablar con la señorita, quizá no todo esté resuelto, conocía al muerto y también a su padre. ¿Eres el Pargo Fierro? El mismo, y estoy para echarles una mano, si lo desean. Perfecto, ¿puedes llevarnos al lugar donde encontraron a Pedro?

A un costado de la biblioteca Morelos se extendía un gran estacionamiento donde dejaron sus vehículos e ingresaron al Parque Sinaloa, el lugar más hermoso de la ciudad. A pesar de la hora, muchas personas caminaban o se ejercitaban por la pista que lo circunda. Un reloj electrónico marcaba las once treinta. Árboles enormes, césped, flores, estanques con patos, senderos en todas direcciones, aparatos para ejercicio, quietud. Con razón las mochitecas están tan buenas, comentó Ortega. Montaño estaría en la gloria. Por cierto, últimamente lo he visto algo apagado y no ha dicho por qué, ya ves que ayer que nos convocaste estuvo muy callado. Alguna vieja lo bateó. No creo, es un cabrón muy templado y tiene tantas que si lo cortan diez ni lo nota. Es un amante masivo. El caso es que se ve agüitado. Lo hubiéramos traído, quizás en las dos horas y media de camino algo nos hubiera contado. Cuando regreses echa un choro con él. Por supuesto, arreglar corazones rotos es lo mío, papá. No te hagas pendejo, es nuestro compa y tal vez necesite hablar con alguien mayor que él. Lo que tú digas, mi rey.

A la izquierda había una zona de cactáceas y enramadas similares a las que edifican los indígenas de la región. Todo lo demás era una colección de árboles añejos que inducían a pensar en el paraíso perdido.

Este parque fue construido por Benjamín Johnston. Los instruyó Fierro. De hecho era el jardín de su residencia; esas ruinas que ven son de su mansión; era enorme, venían las estrellas de Hollywood y las francachelas duraban semanas. Sobresalían restos de una alberca y posibles vestidores, al lado de una cancha de tenis. En ese mariposario se protege la mariposa cuatro espejos, que es la que proporciona el ténabaris que usan los indígenas en sus bailes. ¿Qué es eso? Es el cascabel que se atan los danzantes en las piernas. Órale. Se convierte en un instrumento de percusión. Se detuvieron en una instalación cerrada donde se veían mariposas volando y, en el lado opuesto, lo que llaman el jardín francés, media hectárea con palmeras centenarias, césped y pasillos de ladrillos carcomidos. Son originales, el diseño es de Florence Yoch, gran amiga de Johnston, que además era dueño del ingenio azucarero y de grandes extensiones de tierra. Mendieta se dejó llevar por la sensación apaciguadora que inducen los jardines. Soltó el cuerpo. Recordó que en su casa nunca hubo jardín y se prometió comprar una maceta que podría poner en la cochera. Ruido de tráfico. En el otro extremo, a pocos metros de la cinta por donde la gente caminaba o corría, sobresalía el brocal decorado de un pozo. Allí encontraron el cadáver, señaló Fierro, según el informe estaba adentro, en posición fetal. El Zurdo se detuvo, lo mismo Gris. Ortega ordenó a su gente hacer un levantamiento visual del sitio y luego buscaron huellas. Seguro sólo estarán las de Jack, el destripador, comentó con seguridad, pero por si acaso. Gris, con su habitual destreza, observó el espacio con minuciosidad, desde el suelo enlodado con algunas pisadas hasta los árboles más cercanos. Fierro observaba el pozo sin curiosidad.

Se asomaron al interior, era un pozo simulado, lo formaban cuatro unidades curvas ensambladas, cubiertas con mosaico blanco, hojas de parra negras, de un metro de profundidad, leves manchas negras. El detective imaginó el cuerpo dentro del brocal, no cabía estirado, y puso atención a los alrededores. Atrás de él estaban las ruinas de la casa de Johnston y luego la Plaza Ley, a la derecha se extendía el parque hasta topar con un campo de golf, a la izquierda continuaba hasta una salida que daba a una gran avenida y, al frente, tras una empinada barda verde, una privada de la que se veía la parte alta de las casas y el edificio más elevado de la ciudad. Observó cuidadosamente. Gris hacía lo mismo y le dictaba a su celular. Fierro aprobaba el trabajo de los técnicos con movimientos de cabeza.

Dijiste que conocías a Pedro. No te diré que fuéramos amigos, pero sí, él sabía que era camarada de su padre y me saludaba muy bien, pero si tenía amigos, ésos eran los de un grupo de profesionistas con los que desayunaba los jueves en el Santa Anita, el hotel tradicional de la ciudad que está por la Gabriel Leyva. En el informe dice que lo mató Larissa Carlón, ¿la conociste? Por supuesto, aunque poco hablé con ella, era una mujer perfecta: cuerpo, rostro fino, piel apiñonada, pelo largo y rizado, agradable, muy amiga de mi hija, también era abogada; nunca supe que tuvieran un lazo serio, ahora la gente establece relaciones y nadie se entera. Gris puso atención a Fierro pero no comentó. También en estos tiempos todos se animan a matar. Es verdad, el respeto a la vida está relajado. Y a las leyes, expresó la detective. Aunque tu comandante todavía no lo mira. Es por los lentes entintados de verde. Algo así. ¿Conoces a los polis que llegaron primero? A los dos, Robles y Mendívil son de mi equipo, Mendívil me llamó cuando recibieron el reporte. Márcales y que no se entere tu jefe, a ver si están disponibles; Pedro tenía carro, ¿qué fue de él? Está estacionado en la jefatura.

El Zurdo se acercó al pozo donde la gente de Ortega y él mismo trabajaban. A ver, el bato quedó de verse con su chica aquí, mi amor, ¿ves ese pabellón?, es el santuario de la mariposa cuatro espejos, quiero que atrapes una y te maquilles con ella; la morra le pidió que pasearan un poco por el jardín pero no se movieron mucho, recordaron películas como *El jardín secreto* y conversaron de los jardines colgantes de Babilonia; él estaba feliz, se sentía romántico y le quería proponer matrimonio al lado del pozo, ella le dijo que no, que él no tendría tiempo para dar ese paso, él le manifestó: si quieres lo hago en París, en el Sena, en el puente frente a la torre Eiffel, dentro de un año, como pretendía hacerlo mi amigo Ismael cuando tenía quince años con una novia que pronto lo dejó. Pero si te digo que no vas a tener tiempo, mi rey. ¿Por qué no, mi amor, mi terroncito de azúcar? Porque vas a quedar en este pozo mi vida y rájale: le disparó la muy maldita. No estés de pinche estorboso, Zurdo, no hay nada que ver, y en cuanto a huellas, lo que te dije, sólo las de Jack el Destripador y unas en el suelo que ya veremos, le mostró una bolsa transparente. Encontramos esta colilla mojada, vamos a ver si sacamos algo; por lo pronto, el posible asesino fuma cigarrillos sin filtro. Por la manera en la que el cuerpo aparece en las fotos pienso que lo acomodaron dentro. Es factible, el pozo no es tan grande como para que cayera como lo encontraron. Entonces lo mataron fuera del pozo, ¿qué tan lejos? Pues si quieres buscar en mis huevos me bajo los pantalones. Pudieron matarlo a un metro. O a diez kilómetros. Eso es mucho, y más para la novia, no la imagino cargando el cadáver hasta acá; quizá fue en la orilla, ¿cómo ves esas manchas en el brocal? Buen punto, Zurdo, ya tomamos una muestra y revisaremos las fotos con cuidado. Estaba descalzo, comentó Fierro. Jefe, una mujer no se toma ese trabajo, lo mata y ya, después quiere ponerse a salvo, señaló Gris. Alrededor del pozo no hay huellas de arrastre, es húmedo y lodoso, quizá se notarían. Es coherente, ocurrió hace cinco días. Otra cosa, el lugar es demasiado romántico y visible, creo que si lo trajo para asesinarlo se arrepiente. Y tampoco lo acarreó muerto, ¿quieres decir que ella no fue? No he dicho eso, estoy pensando como mujer. ¿Cómo era Larissa Carlón? Muy entrona y malhablada, y él muy simpático. Me refiero a si era fornida como para mover un cuerpo inerte. No creo, era de buen cuerpo pero no musculosa. ¿En qué círculos se movían? Ella era muy amiguera; él, bastante acomplejado.

Guardaron silencio. Iba a ser la una de la tarde y el calor húmedo de finales de junio se imponía, Mendieta transpiraba exageradamente, la falta de alcohol lo hacía experimentar extraños espejismos, además de un agudo dolor de cabeza. Pargo, por lo que se ofrezca, registra nuestros celulares; Gris, pásale los números; ¿quién vive allí? El Zurdo señaló las casas de enfrente. Parte de la gente bien de Los Mochis y algunos extranjeros. Mendieta observó: en una de las ventanas le pareció ver una silueta que se escabullía. Órale.

5

Me dijeron que no me bajara y me bajé, así soy yo, no puedo evitarlo, más terco que una pinche mula.

Usted es el único jefe al que le gusta convivir con su gente, de ellos nunca hemos sabido que lo hagan.

Ei, pinche Grano, cállate el hocico, cabrón, a esos señores se les respeta, ellos conviven con quien les da su rechingada gana.

Perdón, jefe.

Se encontraban en la sala de una casa de dos plantas bebiendo Buchanan's, cerveza y escuchando corridos con una intensidad que traspasaba las paredes. Restos de cigarrillos, comida y bebida por todas partes, en una esquina ocho AK-47 y varios cargadores llenos por si se requerían. Sillones y sofás de piel, negros. Si Ya Saben Cómo Soy Para Qué Me Atrapan sabía el color y qué personajes debían estar en los billetes que aceitaban los sentimientos de los cabecillas del lugar de donde se había evadido, Franklin y McKinley eran los más populares, y si París bien valía una misa, el Triángulo Dorado valía tres.

Sin embargo, tanta vegetación, aire fresco y atardeces con lluvia lo hartaron y optó por una ciudad tranquila con mujeres hermosas y buena cocina, ubicada en su territorio donde mandaba el Grano Biz, uno de sus principales lugartenientes.

Sabía que los marinos mantenían retenes en carreteras y ciudades, así que se trasladó con mucha cautela por caminos vecinales y de noche. Tenía poco más de un mes en el lugar y sus alrededores, tiempo suficiente para tener y dejar a una mujer hermosa y beber *whisky* como si se fuera a acabar.

Soy como soy.

Y como dijo Pedro Infante: No se parece a nadie.

Hay que mandar por unas viejas.

Sonó un celular de los dos que descansaban en la mesa de centro de cristal. A una señal del capo contestó el Grano Biz. Bueno. Luego se volvió a su jefe. Es Platino, Laveaga tomó el aparato. Casa cerrada, la luz entraba por la ventana del patio por la que se veía un jardín descuidado. Ei, Plat. ¿Qué onda, viejón? Oye, ¿que te estuviste cogiendo a Daniela Ka? ¿Y esa pregunta? Es que está bien buena, flaquita, nalgoncita, no roba nada. Se ve que eres un conocedor pero más respeto. No digas más, sólo espero que no te claves, ya ves lo que siempre te pasa. ¿Me estás dando clases de algo? No te estoy dando clases de nada, al contrario, la envidia me corroe. No es para tanto, viejón, a ti no te faltan las viejas. Ni me sobran, gracias a Dios, con los hijos que tendré este año superaré a mi padre. ¿Cuántos es la meta? Setenta y tres, a la que, con el favor de Dios, espero llegar este año. Son un chingo. Y todos comen. ¿En cuántas viejas? En treinta y una. Caray, Plat, no dejas una para comadre. ¿Para qué?, alcanzan para todos; oye, pero aquí el pesado eres tú, esa Daniela es un forro, ¿por qué no la llevas a tomar aire fresco?, en la sierrita pueden pasar los días cálidamente empiernados, viendo los pinos, o en una barranca si su amor a la naturaleza es grande y estarías más seguro. Estaré bien, no te preocupes. ¿Confías en los plebes que te cuidan? Cien por ciento, es gente del Grano y tienen toda mi confianza. Pues si necesitas un aliviane, cualquier cosa, me llamas, tengo raza en Culiacán que estaría encantada de hacerte un paro, y bueno, allí está también el Ostión, que es de los míos. Gracias, mi Plat, lo tendré presente. Y cuídate, Perro, no vayas a quedar como el caguamo. Le voy a hacer la lucha. No tienes remedio; ah, quizá te llame Titanio. Sería un honor. Lo que te pida será una orden, así que ponte buzo. No te preocupes y cuídate también. 10-4.

El capo tuvo claro que se preocupaban por él, que no se atrevían a ordenarle que volviera a la sierra pero que esperaban que lo hiciera. Ya lo vería, por lo pronto seguiría aquí porque estaba muy a gusto, o en Topolobampo donde el Grano Biz tenía un yate anclado; observó a sus hombres, eran cinco jóvenes dispuestos a morir por él, más el Minero y Valente que habían salido por la cena, el primero un poco platicador y según el Grano muy efectivo, gente de su completa confianza. Por razones de seguridad, todos estaban confinados desde el domingo anterior.

Plebes, salud.

Todos alzaron sus cervezas y sus *whiskies*.

Y que chingue a su madre el mundo.

Afuera empezó a llover suavemente. Entraron el Minero y Valente con cajas de unicel llenas de tacos.

Llegó la papa.

6

El Pargo Fierro abrió el Aveo azul estacionado al lado de unas patrullas siniestradas. Ortega encontró una agenda y una revista de cine dedicada a los hermanos Coen que pasó a la detective. Nada para escribir a casa; salvo unos jeans y una camisa a rayas marca Kirkland, sólo había restos de pizzas y basura. Me dices que no encontraste su cartera. Nunca la vi, las llaves del carro y supongo que la de su departamento las traía en el bolsillo del short con el que corría. ¿Fueron a su casa? No. La cartera no estaba en el carro ni en su ropa. A lo mejor le crecieron patas. Lo dijiste tú. En la cajuela se hallaba una maleta con ropa sucia y una carpeta con documentos por cobrar que el Zurdo conservó junto con la agenda. La mitad pertenecían a Agrícola Mochicahui.

Antes de las tres arribaron a la colonia Palmira, un barrio elegante ostentoso, en la sección habitada por políticos. Aquí viven los hijos de los poderosos, explicó el Pargo Fierro, que conforme pasaban las horas enrojecía más. Larissa Carlón vivía en esa casa verde. ¿Ésos dos son los que la cuidan? Son Robles y Mendívil, de mi equipo; les pedí que nos esperaran aquí.

Se saludaron. Ortega ordenó que buscaran huellas en la sala y siguió hasta la recámara donde encontraron el cadáver con una bala en la cabeza. Entró por el ojo derecho y le atravesó el cráneo, expresaba el informe, y así se notaba en las fotos. Los detectives alcanzaron a Ortega, que observaba detenidamente la habitación; sobre una almohada blanca, que permanecía en su sitio, destacaba una pequeña mancha de sangre. Ventana grande, cortina oscura, una pantalla de plasma de buen tamaño en una esquina, closet repleto y un baño vestidor. Vivía sola, ni siquiera contaba con alguien que le hiciera el aseo. ¿Tenía computadora? En la comandancia guardamos una laptop de su pertenencia. Hay otras dos recámaras amuebladas, la que está llena de juguetes es de su hija, que de un tiempo a la fecha vive con su abuelo, en la del fondo la cama se hallaba cubierta con tela por aquello del polvo y estaba en orden; seguramente recibía amistades de vez en cuando. Gris Toledo observaba y le dictaba a su celular detalles que podrían ser relevantes: hay dos almohadas blancas sobre la cama donde se suicidó, una con una mancha negra y muchos cojincitos de colores, una cama bien tendida, cabecera de cedro, colcha impecable, quizás estaba recostada sobre ella cuando se inmoló, según el informe; no hay cuadros en las paredes y la alfombra es vieja. Pargo, ¿quién practicó el levantamiento? Aquí no contamos con equipo humano, detective, respondió Robles, que era alto y grueso y esperaba en la puerta. Orozco hizo lo que pudo, tiene dos compañeros pero por la hora no los localizamos. Nos prometieron enviarnos instrumentos y capacitar personal, esperamos que lleguen este año, añadió Fierro. ¿Cuándo les hicieron la promesa? No quie-quieras saberlo, detective, intervino Mendívil, que era alto y escuálido, al lado de su compañero. Ya tiene tiempo, quizá tres años. Llegará cuando se jubile, jefe Fierro, ya le dije, comentó Robles, que llevaba bigote grueso. Ortega, ¿cómo vas? Hemos terminado, levantamos huellas en el baño, en la puerta de entrada y aquí; también recogimos una muestra de cabello rubio. Eres un genio. ¿Podemos volver a casa? Mañana te paso el resultado de los dos lugares, Mendieta topó con el closet semiabierto, lo corrió un poco; había por lo menos treinta pares de zapatos de todos colores pero del mismo número. Por favor echa un ojo a esto, quizás alguno tenga lodo similar al del pozo. Ya lo vi, jefe Mendieta, informó uno de los técnicos. Tenemos dos pares algo sucios que llevamos para su análisis. Los policías locales hicieron un gesto de aprobación. ¿Querías un genio, papá?, ahí lo tienes. Sabes qué, llévate la almohada y el cubrecama, quizá tengan algún secreto. Buena idea. Ortega hizo una seña a otro joven que dobló las piezas cuidadosamente y las echó en una bolsa negra. Bueno, mañana hablamos. ¿No quieres comer antes? Con el desayuno es suficiente, y quiero llegar temprano a Culiacán. Pargo, necesitamos que el arma, la laptop y el celular los analicen nuestros técnicos, ¿cómo le hacemos? Con el comandante va a estar en chino, el Zurdo marcó a Briseño, le planteó el caso y le pidió que hablara con Rendón. No sabía que necesitaras niñera. Por el asunto de los federales trae bronca conmigo. Ocho minutos después le regresó la llamada: podían recoger los artefactos en el depósito. Ok, Zurdo, entonces mañana te llamo. Agente Toledo, si te parece puedes regresar con ellos. Prefiero quedarme, si no tiene inconveniente. Ninguno, pero no quiero afectar tu matrimonio. Jefe, primero soy policía y después esposa; ya lo hablé con el Rodo y no hay problema, sonrió. Entonces conversemos con los colegas para conocer su impresión.

Se instalaron en la sala, el Pargo en el sillón junto a la puerta que ocupaba la víctima cuando llegó el asesino. Había colgadas fotografías de Larissa, era hermosa y muy sensual, cabellera dorada, fotos de sus padres y una docena de una niña hermosa de cabellos rubios. Dos cuadros de Ricardo Corral, uno de Alejandro Álvarez y tres de Efraín Meléndrez completaban la decoración vertical. Un mueble donde cabía un estéreo, unos veinte cedés y libros de poemas de Jaime Labastida, Mario Bojórquez, Alfonso Orejel y León Cartagena, junto a novelas de Rosa Beltrán, Mónica Lavín y Ana Clavel; a dos plantas de interior al lado de los sillones blancos de la sala les faltaba agua; el estéreo y un pequeño bar hacían el lugar habitable. Mendieta vio una botella de Glenfiddich junto a otras de tequila y ron y sintió mariposas en el estómago. Si se me suben a la cabeza, o chupo faros o soy Mauricio Babilonia, reflexionó y sintió que el dolor de cabeza se incrementaba, lo mismo el sudor de las axilas que lo mojaba todo. Pinche Pavlov, hubiera hecho sus pruebas con borrachos y le dan dos veces el Nobel, tomó una servilleta de papel y se secó la cara. Tengo nueve horas sin beber y me está llevando la chingada, ¿es normal?

Bien, ¿qué cadáver vieron primero? Gris se volvió a su jefe gratamente sorprendida, notaba su rostro húmedo y pálido, sus labios resecos pero brillante su mirada. El de Larissa, una vecina escuchó un disparo y la vino a buscar, encontró la puerta abierta, entró llamándola hasta que llegó a la recámara; eso fue el viernes como a las once de la noche. ¿Acudió a buscarla sólo por el disparo? Dijo que q-sí. Cuando llegamos aún estaba caliente, observó Fierro. Todo ordenado como lo has visto. ¿Cuál es el nombre de la vecina? Rosario, vive a cuatro casas. Gris dictó el nombre al iPhone. Sostenía la pistola con la mano derecha sobre el pecho, añadió Robles. Claro, una postura muy rumana. ¿Por eso concluyeron que era suicidio? Gris observó a los agentes uno a uno. Mas o me-menos. ¿Era depresiva o padecía alguna enfermedad terminal? No supimos. No creo, era muy-muy alegre. ¿Tenía enemigos? Era viuda, muy brava y la mitad de los divorciados desplumados la odiaban. El Pargo sonrió levemente. Nunca he sabido de un suicida que se dispare en un ojo, generalmente lo hacen en la sien o en la boca; en caso de que no fuera suicidio, digo, podría ser, y no por darles la contra ni mucho menos, ustedes estuvieron aquí y vieron el cuerpo y la pistola, ¿la matarían porque consiguió mejor pensión alimenticia para unos niños o algo así? Mendieta, que se miraba las uñas, clavó sus ojos rojizos en Mendívil. Hay delin-delincuentes que lo harían por menos que eso. Claro, la naturaleza del asesino no es falaz, nació para matar y lo disfruta; ¿han pensado en alguien? Bueno, nosotros no tenemos dudas de que fue suicidio. ¿Jamás pensaron en un criminal, alguien que la odiara o quizás otro que cobrara por despacharla? La verdad, no. ¿Alguien que pagara por su cabeza? Es complicado, serían tantos los involucrados que es difícil detenerse en uno. Mejor cerraron el caso al día siguiente de los hechos. Ninguno de los policías respondió, el Pargo acarició los brazos del sillón. ¿Y Pedro, por qué matar a Pedro Sánchez y luego suicidarse? Era un ti-tipo tranquilo al que Larissa vol-volvió loco de amor. Los policías sonrieron indulgentes. No lo sabemos. Era cobrador. Más de un deudor moroso lo odiaba pero no para matarlo, acá somos gente pacífica. El Zurdo, con la cara sudorosa no pudo evitar un gesto insultante. No me chinguen, tenemos un muerto y un suicidio muy endeble, lo que me da la idea de que los mochitecos no son hermanitas de la caridad; al menos Larissa se sale de la lista, y quién sabe cuántos más. Silencio, que rompió el Pargo Fierro. Recogimos lo que consideramos pertinente, incluyendo una prenda íntima que estaba en la alfombra y unas hojas engargoladas sobre los derechos sexuales de la mujer, todo está en la jefatura; se extendieron un poco en detalles que Mendieta no consideró vitales para la investigación. Permítanme insistir, ¿por qué piensan que Larissa mató a Pedro Sánchez en el parque y luego vino a casa a meterse un balazo justo en el ojo derecho? Podría haber hecho lo de Julieta, que se quitó la vida en el mismo lugar en el que su amado murió. Según el doctor Grijalva, nuestro forense, Sánchez murió entre las siete y las nueve de la noche y ella poco después. Es coherente, los que los conocíamos sabíamos que el suyo era un amor apache, peleaban en público. Larissa te-tenía alcohol en el estómago, Pedro no. A ella le encantaba el pisto. ¿Encontraron semen o algún objeto en su vagina? Nada. Es poco femenino, intervino Gris. Una mujer no mata a su hombre en un parque y vuelve a casa para suicidarse; en todo caso se suicida allí mismo, como Julieta.

Según el informe, a Sánchez lo encontraron hasta las siete de la mañana del sábado. Es correcto, una mujer, que hablaba español como extranjera, que hacía ejercicio en el jardín, hizo la llamada, no quiso identificarse. ¿Los tres sabían que ellos eran novios? Más o menos, al principio Pedro lo presumía, después decía que era una hija de mala madre; ella era buena amiga de mi hija Janeth, aclaró el Pargo. ¿Te comentó algo tu hija de la conducta de su amiga? Nada, sólo lamentó su muerte. ¿Sabes si asistía a los desayunos del Santa Anita? Al parecer ella lo presentó a los otros, que eran grandes amigos de su difunto esposo. ¿Cuánto llevaba de viuda? Quizá cuatro años. ¿Tiene familia? Aquí sólo su hija y su padre, que es dueño de un restaurante en El Maviri, creo que en Estados Unidos viven dos de sus hermanas. ¿Conoces el Ma-maviri? ¿Es una playa nudista? No, ¿cómo crees? Quisiera hablar con los parientes del esposo. Nadie vive en Los Mochis, era un gringo que trabajaba en el ingenio, cuando murió, en un accidente de moto, se llevaron los restos a Estados Unidos, a Florida, creo. El celular de Pedro no apareció. Y según aclaraste tampoco sus zapatos ni su cartera. ¿Cómo estaba vestido? Con ropa deportiva. ¿Algo más de Larissa? A ella la encontramos cubierta con una sábana que le echó la vecina, pero estaba desnuda. Espero que no haya contaminado excesivamente la escena.

De Pedro no agregaron gran cosa pues ellos habían escrito el informe, sólo que le caía bien a todos y que era algo lento. Trotaba to-todos los días. ¿Pertenecía a algún club de atletas? No creo, más bien le gustaba estar en forma. Lo encontraron dentro del pozo. Exactamente. ¿Los guardias del parque dijeron algo? Son dos y no vieron nada. Ni escu-escucharon nada. Pedro era hijo de un buen policía que está jubilado, quien nos pidió que ampliáramos la información del caso, por aquello de que hoy por ti, mañana quién sabe, ojalá nos pudieran echar la mano. Cuando un caso está cerrado se vuelve difícil, detective. Lo sé, y no se preocupen, si nos dicen dónde hospedarnos será de gran ayuda.

Gris, platica con Rosario, a ver qué te dice de la conducta de la víctima; la detective salió. Muchachos, necesito entrar a las casas que están detrás del parque. Va a estar en chino. Mejor, yo sé que ustedes hablan muy bien el mandarín. El que tiene amigos allí es el comandante Rendón, pero no creo que quiera colaborar. ¿Por qué creen que cerró el caso tan pronto? Los tres policías se miraron entre sí. No sabe-sabemos, dijo Mendívil. Toda lealtad es admirable, apostilló el Zurdo. Pero lo que tenemos, al parecer, no es una muerte súbita, la de Pedro al menos. Rendón es nuestro comandante y le debemos obediencia y respeto. Es el que manda. Es un asesinato perpetrado posiblemente por una suicida y más allá, un viejo policía que tiene dudas y nos pide que ahondemos un poco. Silencio breve. En realidad no investigamos suficiente, reconoció Robles. Llévala con calma, aconsejó Fierro. Ya viste lo que el comandante piensa de ti. Lo sé, en cualquier momento me propone matrimonio; pero, volviendo al principio, ¿por qué creen que cerró el caso? Ninguno de los tres abrió el pico y Mendieta prefirió no insistir. Cada cloaca se ajusta a su propia tapadera.

Media hora después regresó Gris; Rosario repitió lo que había dicho a los polis, agregó que durante un mes vieron llegar a un hombre que podría ser narco, siempre lo esperaban afuera dos guardaespaldas, pero que hacía dos semanas que no se paraba por ahí. Ella escuchó la detonación antes de las once y esperó veinte minutos para acudir porque se puso nerviosa, un disparo tan cerca no era usual, el antecedente del hombre le hizo pensar que quizá fuera en casa de Larissa, una vecina muy servicial. ¿Podría ese sujeto ser narco?, Rendón asegura que aquí no hay. Digamos que hay algunos, y si el comandante dijo eso es porque te detesta; hasta ahora es un policía al que no se le ha sabido nada. Pero cerró un caso que se investigó sólo un día, ¿es eso normal en su trabajo? Si lo van a continuar cuenten conmigo para lo que sea, soy amigo de Abel y es lo menos que puedo hacer por él. También con noso-nosotros, ¿verdad, Ro-Robles? En lo que sea, hay un policía federal aquí que no nos baja de pendejos, le dicen el Ostión, y la verdad me dio gusto cuando usted le partió su madre al del video. Sonrieron, Mendieta quiso aclarar su responsabilidad en el asunto del video pero prefirió guardárselo para otra ocasión, al parecer había algo a su favor; antes de salir de la casa echó una mirada al *whisky* y ciento un dálmatas sedientos se reunieron en su estómago. Te calmas o te calmo, maldito vicioso de mierda, amenazó el cuerpo. No creas que me siento tan bien tanto pinche alcohol, mi hígado está inflamado, el estómago lacerado y el dolor de cabeza es una maldita broca de 6 mm entrando y saliendo del cerebro. Mendieta, transpirando más de la cuenta, sintió que no podía más. Una camioneta de doble cabina de la secretaría de Marina, ocupada con cuatro uniformados, circulaba despacio, vigilante. ¿Por qué andan estos aquí, Pargo? Llegaron el domingo, posiblemente se vayan a quedar en Topolobampo, tal vez necesitaron vituallas y se dejaron venir. ¿Duerme algún pez gordo por aquí? Cómo crees, acá todo está controlado. Dicen por ahí que andan sobre el Perro Laveaga. Pero ése está en la sierra, es su territorio natural.

Al llegar al Jetta sonó el viejo celular de Mendieta, desconoció el número, pero algo le dijo que debía contestar.

7

Lo único que extraño de la sierra es el fresco, este calor está de la chingada.

Nunca había hecho tanto calor en Los Mochis.

La última vez que estuve aquí dijiste eso, pinche Grano, y es el mismo infierno.

Mi madre decía que un verano sin calor era como un invierno sin frío: nunca le entendí.

Porque eres medio vaca, pinche Minero, ¿verdad, jefe?

El Minero habla hasta por los codos con Valente pero aquí se mantiene callado, eso está bien; oye, Grano, estoy preocupado por los colombianos, ¿en qué quedó esa onda?

Según el Monchy los torcieron en Todos Santos el viernes pasado, hoy es miércoles y nadie se ha comunicado.

Pues llámale al Monchy y que investigue, esos colombianos son cabrones pero no todo se puede arreglar con labia, ya ves cómo son de simpáticos; además, si aquí sigue la bronca gruesa tendré que borrarme un rato, podría ir a Nicaragua o a Medellín.

Tranquilo, jefe, que su tierra es grande, deje llamarle a ese cabrón.

Monchy contestó a la primera.

Oye, güey, ¿qué onda con los cristobalitos?

Los soltaron, Platino lo arregló.

Órale, ¿sabes a cambio de qué?

No, pero conociéndolo pudo haber sido por un par de buenas nalgas; no me hagas caso, cualquier cosa él se lo dirá, ya sabes cómo es eso.

Información privilegiada.

Is barniz.

El Grano cortó y le informó al Perro Laveaga, que se quedó un momento pensativo, luego acabó su *whisky*.

Platino es cabrón y sabe lo que nos conviene.

Entonces no se preocupe, jefe, que la vida sigue su curso y sólo nos bajaremos cuando nos toque.

Sí, ¿y las viejas? Prometiste traer unas viejas, ¿qué pasó con ellas?

Ahora mismo van a buscarlas, ya sabe que yo lo que prometo lo cumplo.

Pues en esto de las viejas estás fallando gacho, pinche Grano, que traigan también para este par de cabrones; los vamos a premiar.

Paso.

Dijo Valente.

En ese momento sonó uno de los celulares que esperaban en la mesa de centro. El Grano vio el número.

Creo que es el Ostión.

¡Contesta!

Qué onda. ¿Quién habla? No has de saber quién soy, pinche Ostión, ¿esperas que te responda el pinche presidente o qué? Debes ser el Grano Biz, claro, el que tiene huevos de más, disculpa, es que se oye distorsionado. Distorsionada tienes la pinche cabeza, cabrón. Es verdad, mi cabeza está encasquillada y no tiene remedio. Aliviánate, pinche Ostión, ¿qué rollo? ¿Anda Laveaga por ahí?

El Grano consultó con un gesto, el aludido tomó el aparato, que era de última generación. Qué hay, Ostión. Jefe, gracias por tomar la llamada, son dos cosas: hace dos meses que no veo la luz en este pueblo. Esa chingadera no tiene qué ver conmigo, ¿qué más? Al Perro no le caía bien el Ostión, era un policía federal que tenía doce años cobrando y consideraba irrelevantes sus servicios. Tampoco el Grano lo tragaba, lo respetaban porque era gente de Platino. Pensé que usted podría echarme una mano con eso, no es mucho. Pues ya ves que no.

Silencio espeso.

La segunda es que están llegando marinos a la ciudad, esta tarde vi como a treinta hospedándose en el hotel Zar, el que está a la salida a Culiacán. ¿Treinta nomás? En ese hotel, pero también están llegando al Corintios. Muy bien, ordena a tus halcones que se pongan truchas y cualquier cosa avísale al Grano. Cortó, puso al tanto a su compinche, reflexionó unos momentos y:

Grano, ordena a los plebes que usen sus celulares sólo en caso muy necesario, también quiero que pidas a nuestros halcones que abran sus pinches ojos, esta información debieron pasarla ellos y no el cabrón del Ostión.

Algo me habían dicho pero me pareció que exageraban.

Pues parece que no, y ahora que alguien vaya por viejas para todos, la única vida perfecta es la que incluye sexo, y que se traiga otra caja de *whisky* que ésta ya chupó faros.

A veces siento deseos de buscar a mi morrita, pero no me atrevo, primero es su seguridad.

¿La que dicen que está embarazada?

La misma, pero no le creo, pienso que es pura pantalla, ya ve cómo son algunas mujeres.

¿Cuánto te costó hacerla Miss Municipio?

Nada, querían un millón de cueros de rana pero les quemé un Ferrari que era del presidente del comité organizador y santo remedio, nos dieron todo su apoyo.

Pinches ambiciosos; bueno, en este momento ni siquiera debes llamarle, lo más importante es que estemos bien, pisteando, con viejas y lo que haga falta.

Palabra de Dios, jefe.

8

Zurdo Mendieta, ¿cómo estás? Voz fuerte, segura, sin matices. Samantha Valdés, qué sorpresa, estoy bien, ¿y tú? Perfectamente, lista para reanudar actividades. Por eso la policía no descansa. No digas pendejadas, Zurdo Mendieta, no descansan porque les gusta hacerle al loco. Si tú lo dices. Pero no te llamé para chacharear, ni tú ni yo somos de esa especie, lo hice para decirte que me da mucho gusto que estés de nuevo en el trabajo y que hayas dejado de gastar tus días perdido en el alcohol, es un vicio suave pero muy difícil de erradicar; así que, Zurdo Mendieta, felicidades por eso. Gracias. De nada y cualquier cosa que se te ofrezca, ya sabes que jamás abandono a mis amigos, y no te quedes en Los Mochis más de la cuenta. ¿Por qué? Rió levemente. Porque allí asustan, ¿no has oído hablar de la mujer de blanco que aparece en el Cerro de la Memoria? No. Pues ponte trucha, Zurdo Mendieta, dicen que prefiere a los fuereños. Órale. Cortó.

El Zurdo transpiraba, se sentía incómodo, sin duda la falta de alcohol lo estaba afectando, ¿era real la llamada de Samantha? Pinche vicio, es peor que un pinche abandono, tengo que llamarle a Jason, puede ser de un celular nuevo y luego lo destruyo, de éste no porque tiene todos mis contactos; debo llamarle a mi hermano también, pinche Enrique, es el único hermano que tengo y es el mayor. Jefe, lo veo muy desguanzado, si me permite voy a manejar. ¿Cuando eras agente de tránsito conducías siempre? Todos los días, ¿quiere un café? Mejor un *whisky*, no sé de dónde saqué que podría dejarlo de una, si no me echo un trago me voy a infartar, desde la mañana he estado sudando copiosamente. Pensé que era el calor, debe estar a más de cuarenta, ¿seguro de que quiere un *whisky*? No me siento bien, pasa por un súper, es mejor que beba un poco. Ok, nomás no se le vaya a pasar la mano, no abonemos a la tonta idea que tienen estos tarugos de usted; salvo los tres que acabamos de conocer, lo ven peor que si fuera el diablo; yo me bajaré, ¿alguna marca en especial? La que sea, pero ya. Pasaban frente al Teatro Ingenio, una belleza arquitectónica del siglo XXI, un cartel anunciaba: *Tres días en mayo*, de Ben Brown, breve temporada, y mostraba una foto matadora de Winston Churchill. Los policías regresaron a sus labores.

Bebió de la botella como desesperado. Ahhh, luego se quedó quieto, con los ojos cerrados y la mente en blanco.

Se instalaron en el hotel Santa Anita, un edificio de seis pisos emblemático de la ciudad; en el restaurante, un lugar oscuro donde no todos los celulares funcionaban, Aníbal les recomendó camarones Rockefeller a ella, y cabrería bien cocida a él, con cerveza Indio; Mendieta trajo a la conversación algo que lo inquietaba. Así que Montaño está descolorido e inapetente. Anda muy desmejorado, Ortega le preguntó qué onda, pero no le respondió. Dicen que el mal de amores es peor que el cáncer de colon. ¿Usted cree? Quizá se topó con una que lo puso en su lugar. Ya era hora, ¿no le parece? Me dan ganas de pedirle que venga, aunque el comandante se oponga. Piénselo un poco, no es fácil sobrellevara personas con problemas emocionales, le marcó tres veces y contestó. ¿Cómo estás, doctor? Bien, Zurdo, gracias por preguntar. Me alegra, porque necesito que vengas a Los Mochis, arregla lo que tengas hoy y te espero mañana a las once, vamos a exhumar el cuerpo de Pedro Sánchez. Me encantaría pero el comandante me advirtió que no me moviera de aquí, así que te enviaré a un pasante, sabe tanto como yo. Te necesito a ti, doctor, no me dejes morir solo, es el hijo de Abel Sánchez, el agente que me entrenó cuando entré a la poli, te lo pido como un favor personal. Los Mochis es una ciudad que sabe dulce, no quiero amargarla con mi tristeza. Déjate de cosas, ahora Gris y yo estamos comiendo y todo pinta bien. Salúdamela mucho, ¿te puedo llamar en una hora? Por supuesto, pero igual te esperamos mañana a las once en el Santa Anita, te acabo de reservar habitación. La verdad estoy quebrado y no sé si deba salir de estos lares. Ya me dijiste que estás bien y aquí te quiero. Te llamo en una hora. Trae ropa para tres días, cortó. Gris, resérvale una buena habitación, que se sienta halagado, luego decidieron analizar lo que tenían. La detective escuchó su celular y vio sus notas, dudaba que Larissa hubiera matado a Pedro y el Zurdo estuvo de acuerdo; no quería clavarse en Rendón pero lo seguía intrigando que hubiera cerrado el caso tan pronto. Lo dejaron ahí, sonó el celular de Gris, que: Bueno, ¿sí?, casi no le escucho, un momento por favor. Tuvo que salir del lugar para responder, antes avisó al Zurdo que después subiría a su habitación a darse un baño. Quedaron de verse al día siguiente para interrogar a los amigos de Pedro, registrar su casa y visitar el Maviri.

Mendieta salió a comprar suero. ¿Por qué me llamaría Samantha? Se me hace irreal que me haya marcado para felicitarme porque volví a la chamba. Se bebió medio litro, se bañó y se recostó, padecía un ligero mareo, un largo trago de *whisky* lo restableció. Dejar de beber es una decisión de titanes y no lo soy, así que bórrenme de esa pinche lista, voy a recuperar mi ritmo y ahí me quedaré por el resto de mis días, lo demás es hoguera de las vanidades. No estoy de acuerdo, protestó el cuerpo. El hígado sigue inflamado y la única neurona que tenías está a punto del colapso. Ah, tú qué sabes, pinche cuerpo, si lo único que te interesa es estar con mujeres hermosas. ¿Yo qué sé?, pendejo, te voy a demostrar cuánto sé. Mendieta sintió retortijones e inesperadas ganas de evacuar, en cuanto se bajó los pantalones soltó una abundante diarrea maloliente, apenas respiró y empezó con las arcadas, se hincó y vomitó todo en el retrete. ¿Quieres saber qué más sé, Zurdo Mendieta? Por favor, detente, está bien, haré mi mejor esfuerzo para dejar la bebida. Se oye lindo, y más viniendo de un cabrón como tú que en el fondo es un débil mental, y ahora báñate que hueles a rata destripada. Algo repuesto se recostó y buscó en la tele, salvo un video de AC/DC, "Highway to Hell", nada fue de su gusto y decidió dar un paseo por el Parque Sinaloa. Eran las seis y cuarto.

El sol se encontraba alto a pesar de la hora, observó que había incontables personas haciendo ejercicio; si a las ocho se ejercitara el mismo gentío quizás el asesinato de Pedro no habría pasado desapercibido. Aunque era viernes y ese día trastoca todas las ciudades del mundo. Los trabajadores del parque recogían sus enseres. Cerca del jardín francés había un pequeño lago con patos, un hombre que escuchaba música con unos audífonos les lanzaba comida. Buenas tardes, esos patos cenan temprano. Se quitó los adminículos. Salimos a esta hora, pero como no comen hasta mañana me gusta dejarles algo antes de irme. Por eso es que nadie vio el asesinato que hubo la semana pasada, ¿verdad? Una lástima ese muchacho, acostumbraba trotar todos los días. Hasta las ocho. Siete o siete y media, según los guardias. ¿Lo conocías? Era un hombre agradable, se llamaba Pedro, nos saludaba a todos y creíamos que no tenía problemas, aunque con esto de la violencia todos los tenemos y ni cuenta nos damos. Dicen que lo mató su novia aquí. Lo leí en *El Debate* y la verdad no lo creo, que yo recuerde ella jamás vino al parque, tal vez ni sabía cómo es. ¿Dónde la conociste? En el Maviri, la vi con Pedro y una niña, era una belleza. ¿Viste a Pedro el día de su muerte? Lo vi como a esta hora, trotaba solo como todos los días. ¿Sabes si alguno de tus compañeros se quedó más tarde? Nadie se queda, estamos aquí desde la mañana y a las seis de la tarde lo único que deseamos es largarnos a nuestras casas. Soy detective y estamos investigando el caso. Lo supuse, lo vi por la mañana con el señor Fierro. ¿Cuál es tu nombre? Baldomero. A Pedro lo encontraron sin zapatos y sin celular. La gente se mete al parque por la noche, hay dos guardias pero es más lo que duermen que lo que vigilan, si quiere hablar con ellos los encontrará en la caseta que está en la entrada frente al teatro. ¿Pedro tenía amigos, o enemigos, entre la gente que hace ejercicio? No que yo sepa, siempre lo vi solo. ¿Qué escuchas ahí? Ah, Marvin Gaye, "I Heard It Through the Grapevine", mi favorita.

Mendieta agradeció a Baldomero, que era delgado y se cubría la cabeza con una gorra española, y se aproximó al pozo. Un par de corredoras ataviadas con trajes rojos de licra que realzaban la perfección de sus cuerpos llamó su atención. Mira nomás, Zurdo Mendieta, si no podemos tener a las dos me conformo con una, propuso el cuerpo, que en asunto de mujeres se defendía como gato panza arriba. No estés chingando, pinche cuerpo, ¿qué te dije hace rato?, eres un libidinoso. Caminó unos metros por la pista por donde lo hacían los demás. A ver: Pedro vino a trotar ese día, Baldomero lo vio, seguro calzaba tenis que después le robaron, tenemos que ir a su casa, ¿dónde vivía? El informe no lo menciona, Fierro dijo que no revisaron el lugar, tampoco su padre lo señaló, ¿es posible que no tuviera donde vivir? Quizá trotaba viendo esos cuerpos tan perfectos y sentía que se hallaba en el paraíso. A lo mejor era puto el bato, intervino el cuerpo. Parece que no, ya has oído que Larissa era un cuero; algunos conciben el paraíso como una biblioteca, pero otros como un lugar lleno de mujeres hermosas; el caso es que Pedro trotaba con estas muchachas y les confió: Chicas, si no estuviera enamorado de una mujer que se acuesta con todos, ustedes serían las reinas de mi vida y la pasaríamos bomba entre sexo, sudor y lágrimas; ¿aparecería Larissa por primera vez en el parque? No lo creo; este pozo es un poco raro, ¿hicieron con Pedro algún sacrificio religioso? La vida es simple, puede haber una secta que mate hombres simpáticos; lo recuerdo de adolescente, era más bien formal y lo pasaban de grado sus maestros porque les caía muy bien. Te digo que era puto, insistió el cuerpo. Está bien, prometo considerar esa línea de investigación. Séptimo de caballería en el celular de Mendieta. Era Montaño. Doc, vente temprano, hay un par de retenes pero no te preocupes, no te buscan a ti. Zurdo, una de las mejores cosas que me han pasado en la vida es trabajar contigo, pero tienes que comprender, en este momento estoy jodido y de lo que menos tengo ganas es de ir a meterme en un cadáver en descomposición en Los Mochis, iría por otra cosa pero no por eso. ¿Qué es lo que te puso así, doctor, si se puede saber?, Gris y yo pensamos que es una mujer pero tienes tantas que si te dejan veinte no lo notarías. Pues sí, me siento así no por veinte, sino por una. ¿Por una? Exactamente, ya tengo tres semanas desinflado y no puedo reponerme, quizá debería tomar unas vacaciones. Buena idea, el Parque Sinaloa es una belleza. Pero no en Los Mochis, Zurdo, no seas cruel. Bueno, aquí está lleno de mujeres sensuales, podrías encontrar el clavo que saque al que te trae por la calle de la amargura. Si te soy sincero, me tienta más de lo que puedes imaginar pero mejor no. Qué chinga contigo, Montaño, ¿de veras no quieres venir? Lo primero que nos dijeron esta mañana es que es una ciudad sin narcos. ¿Pues en qué país está? Sonrió. Zurdo, en serio, te agradecería que lo resolvieras sin mí, te enviaré a un pasante, al más sobresaliente. Si lo acompañas sería genial. No esta vez, y de veras reconozco tu interés; una cosa, Zurdo, ya que estamos en este asunto de preocuparse el uno por el otro, trata de no excederte en la bebida y pronto estarás mejor que nunca. El Zurdo cortó. Mira qué cabrón, trato de echarle una mano y termina dándome consejos, pinche médico, no tiene remedio; pero díganme ustedes, que todo lo saben y lo que no lo saben lo inventan, ¿hay algo que sacuda más que el amor? Y con el desamor es peor.

En la entrada cercana al teatro encontró a los guardias, se hallaban sentados en unos tocones de madera, riendo. Soy Edgar Mendieta de la Ministerial del Estado, necesito que respondan unas preguntas. ¿Es sobre el que se suicidó y después mató a su novia? Exactamente, digan su nombre y dónde se encontraban la noche del viernes pasado. Soy Gilberto y estaba aquí, pero no vi nada, éste es Rafa, que después de checar tarjeta a las seis de la tarde se largó al súper y no volvió hasta la madrugada. Cabrón, ¿qué te obliga decir eso?, por si no lo sabes, puedo responder por mí mismo, pinche Gilberto. Pero eres mentiroso y esa noche no dormiste aquí, llegaste al amanecer. ¿Y qué, se robaron un pino o qué? No te hagas pendejo, no te fuiste porque esperabas que viniera la gringa Fairbanks a dormir contigo. Mejor dormir con ella que dormir solo. Pinche garraleta, nomás tú le haces el paro. Lo dices porque te bateó machín, pinche Rafa. Mendieta escuchaba la discusión, primero desconcertado y después hastiado. A ver, cabrones, o se callan o me llevo al bote a los dos. Ah, ¿se animaría? Por supuesto que no, ya vi que son unos guardias temibles; sonrieron. La descripción que tenemos del asesino coincide contigo, Rafael,

Gilberto estás cometiendo un grave delito al mentir a la autoridad; el señalado se puso de pie. No jefe, cómo cree, soy hombre de paz y el morro me caía bien. ¿Puedes demostrar dónde andabas? Pinche Rafa, nomás eso me faltaba, que fueras un criminal. No mi Gilberto, soy muchas cosas pero eso no, tú me conoces. Si tienes coartada habla de una vez, si no, vas directo al Cecjude. Me dijiste que ibas al súper, pinche Rafa. Porque tú te ibas a quedar con la gringa Fairbanks. Mamacita, detective, no tiene idea de la noche que pasamos, hicimos de todo: perrito, tortuguita, camellito y cura de catedral. Ya, cabrón, no estés contando dinero enfrente de los pobres. Está flaca pero la hace machín, y es bien degenerada. Eso hiciste tú y me parece comprensible que no vieras nada, ¿pero éste? Ése es el pedo, detective; Gilberto, discúlpame, cabrón, ya sabes que nuestra amistad es primero, pero la güera Fairbanks no estuvo contigo sino conmigo, me la encontré en Ley y me tiró la onda, había comprado tequila y guacamole, le pregunté qué pedo contigo, me respondió que era dueña de su cuerpo y que si no era conmigo se iría con otro, que esa noche no tenía ganas de verte y pues, nos fuimos, y sí, es bien pervertida. A Gilberto le cambió el semblante y se puso de pie. Hijo de tu pinche madre, ¿cómo pudiste ser tan culero? Ya te dije que me disculpes. Que te disculpe tu chingada madre, pinche cabrón. Ei, Ei, calmados, señores, a Pedro lo encontraron descalzo, pregunten entre la gente que cae por aquí quién trae tenis nuevos, cuando lo sepan avisen al señor Fierro, ¿de acuerdo? Lo que usted diga, detective. Pero antes Mendieta se alejó, no quiso ser testigo de la golpiza que se vislumbraba sangrienta entre los dos amigos. El tráfico era intenso y ruidoso. Cláxones mentando madres y las chicas de rojo saliendo muy alegres. En el estéreo: Wham, "Careless Whisper".

Una camioneta negra con los vidrios polarizados y un hombre armado en la caja circulaba despacio.

9

Escuchaban "La reina del sur" con Los Tigres del Norte.

Jefe, ¿qué onda con la morra?

¿Qué morra?

Daniela Ka.

¿Y eso, Grano, es porque te pregunté por tu Miss Los Mochis?

Nada de eso, jefe, simple curiosidad.

Pasó a la historia, quería hacer una telenovela de mi vida y que yo la financiara y eso está de la chingada; les pagas a los de los corridos, a los de cine, a los políticos, ¿y también pagar por una telenovela? No se me hizo onda.

Está bien buena.

Tiene buen cuerpo, no lo voy a negar, pero no se suelta, tiene miedo, no sé, a lo mejor la violaron cuando era niña, ¿y tú, además de la embarazada te clavaste con otra? Escuché a los plebes que una morra que se suicidó la semana pasada había sido de las tuyas.

Nada serio, era muy loca, con su sexo acolchonadito era bien caliente.

Me gustan las mujeres así; Daniela, por ejemplo, tiene todo plano y costaba ponerla a punto; no siempre una cara bonita garantiza cachondería en la cama.

Qué se me hace que me está mintiendo.

¿Por qué?

Porque lo vi muy clavado, y los gritos de ella en el yate y los gemidos en la Hummer a todos nos dieron envidia.

Bueno, algunas veces fue muy loco y la pasábamos bien, pero nomás, además se depilaba, a mí no me gustan las panochas peladas, me sacan de onda.

No me diga, con razón no quiso con la de anoche.

Me sigues debiendo una buena vieja, pinche Grano; ni modo que no haya en Los Mochis una que no se rasure.

Ahora es muy tarde, le prometo que mañana mismo la tendrá en sus brazos; a mí, la verdad, me anda valiendo madre, como sea me gustan las rajaditas.

Se volvieron a la escalera. El Minero bajaba rápidamente. Sus botas lo delataban.

Jefe, por el bulevar se acercan dos trocas con gente, parecen marinos, vienen muy despacio y con los rifles al aire.

Órale, ¿cuántos son?

Se ven muchos, por lo oscuro no los contamos.

Al fin aparecieron esos cabrones; plebes, ya oyeron, prepárense; Grano, bájale a la música y trae los fierros.

El aludido apagó el estéreo, fue al rincón, tomó dos AK-47, dos cargadores y en voz baja pidió al resto que se armara.

El Perro Laveaga observó la puerta de la calle, pensó que debió mandar construir un túnel, que para él siempre fue la vía más segura de escape; caminó hacia la ventana, apartó levemente la cortina y oteó el panorama. El Grano, a su lado. Las camionetas de la Marina avanzaban lentamente por el bulevar mal iluminado, pudo ver a los soldados escudriñando sin objetivo fijo, algunos distraídos. Siguieron de frente.

¿A quién buscan, señores?, ¿les han soplado algo o andan como el burro que tocó la flauta?

Murmuró, luego regresó al lugar donde había estado sentado, colocó el rifle junto a los celulares y estuvo pensativo por unos momentos, su cerebro detectaba demasiados cabos sueltos que no terminaba de identificar.

¿Qué día es hoy?

Miércoles, ya casi jueves, creo que deberíamos poner otro minisplit en la sala; está cabrón el calor.

Grano, en este negocio nada viene de la mano de Dios, esos sospechan que estamos aquí, no están seguros pero sospechan, es mucha pinche coincidencia que pasen dos camionetas a vuelta de rueda; como que no se vería bien que metiéramos un aire acondicionado, y estoy seco, cabrón, se acabó el *whisky* o qué.

En este momento le sirvo.

¿Crees que el Ostión conozca a estos compas?

Bueno, no se le sabe que sea chivato, y lo que yo sé es que Platino confía en él todo lo que se puede confiar en un policía federal.

¿Ya le pagaron?

No creo.

Laveaga apuró su trago, contempló el vaso vacío y reconoció que no las tenía todas consigo, su suerte dependía de otros más de la cuenta. También reconoció que estaba allí por su gusto.

Consigue que le paguen, y no seas culero, sírveme doble para dormir a gusto.

Usted es de los que no puede dormir sin vieja y aquí no hay ninguna.

Sin vieja uno puede ir al infierno pero a la cama ni pensarlo.

Verdad de Dios.

El Minero sonrió.

Así que más vale que vayas consiguiendo quién podría venir a esta hora, y márcale a Platino, quiero preguntarle sobre el

Ostión y qué significa tanto pinche marino en la ciudad, quizá no negociaron mi caso como se debe.

Bebió largo y con ansiedad. El Grano Biz obedeció pero nadie respondió.

Debe estar con alguna de sus viejas, tiene como treinta; además hablamos hace rato.

Sin embargo, sintió una ligera sensación en el estómago, ¿qué estaba sucediendo que él ignoraba? Ese ruido, ¿era de la cascada? Primero los colombianos y ahora esto, ¿y si buscaba a Daniela Ka? La separación había sido bastante traumática, así que primero tendría que lograr su perdón con un regalo; ¿qué gema sería la indicada?, ¿rubí, esmeralda o de plano un diamante?

Grano, ¿tienes idea de cuánto cuesta el perdón de una mujer?

Eso apenas Dios, jefe.

Y está cabrón que nos lo diga.

10

A las ocho de la mañana bajaron a desayunar, al Zurdo se le notaba que había bebido de más y vomitado hasta la bilis. Gris le sirvió menudo con mucho picante del bufet y quesadillas de flor de calabaza con frijol yorimuni para ella. Disculpe jefe, pero son órdenes de Ger. No le hagas mucho caso a esa mujer, agente Toledo, de alguna manera se las arregla para hacerme sentir que estoy fallando. Lo cuida bien, que es otra cosa, y por favor coma, no quiero tener problemas con ella, además tiene razón, usted debe alimentarse lo mejor posible.

Observaron gente que conversaba animadamente alrededor. Hombres y mujeres elegantes que exhibían su buena vida. Gris sólo identificó un perfume y fue el de una mesera guapa que rellenaba las tazas de café en las mesas. Un tecladista ubicado a la entrada cantaba "No sé tú", de Armando Manzanero, una canción que le gustaba a Gris pero que el Zurdo detestaba.

Olvidé decirte que Montaño no viene. Qué bueno, jefe, porque no me acordé de reservarle habitación. Propuso enviar a un pasante, si llega lo regresas, no creo que sea necesaria la exhumación. Quizás aún no se ha venido, le voy a marcar para que lo deje en Culiacán. Mientras el Zurdo contemplaba el platillo y bebía café, Gris Toledo se retiró hasta una pequeña sala donde se apreciaban las fotografías de los dueños y comunicó a Montaño la decisión. Y supere eso, doctor, hay gente que dice que nada es para siempre y yo le digo a usted que nada es para tanto, estoy segura de que pronto lo veremos repuesto y tan alegre como siempre. ¿Crees que es tan fácil? Claro que sí. Cortó.

Mientras aparecían los amigos de Pedro, Mendieta le contó de su incursión al parque y de los personajes que topó; ella le informó que en algunas de las fotos que tomó con el celular en el pozo se aprecian huellas de botas. Esperemos el informe de Ortega, ¿viste su agenda? Gris se había puesto esa tarea. Encontré algo interesante, la semana de su muerte, o sea la pasada, visitó cuatro veces Agrícola Mochicahui, incluido el viernes, ya ve que los pagarés estaban en la carpeta, y en cuanto al suicidio de Larissa, la verdad se me hace muy raro. Lo mismo me pasa, creo que debemos tratarlo a fondo con Fierro e interrogar al comandante Rendón, no es que realmente me intrigue que haya cerrado el caso, pero, ¿tan pronto?, ni siquiera habían enterrado al Peri. ¿Qué piensa? Que en México la misma evidencia puede funcionar para varios delitos, pero que hay que guardar las formas. Claro, Larissa mata a Pedro, se suicida, se dejan pasar unos días y san se acabó.

Los amigos de Pedro Sánchez llegaron alrededor de las ocho y media: tres hombres y una mujer que pronto conversaban, bebían café y comían con mesura del bufet. ¿Nos permiten unos minutos? Gente feliz con la vida resuelta, murmuró Gris sin dictarlo al celular. Restaurante al tope. Somos los detectives Gris Toledo y Edgar Mendieta de la Policía Ministerial del Estado. Mucho gusto, ¿quieren sentarse? Propuso uno delgado, pelo y bigotes negros a pesar de sus buenos setenta años. Si no es mucha molestia, nos gustaría hacerles unas preguntas acerca de Pedro Sánchez y Larissa Carlón, pero aquí al lado, en el bar. Antes, Ramón, un mesero que parecía que siempre andaba enojado, les había habilitado una mesa cerca de la puerta con buena iluminación. No es ninguna molestia, ¿quieren empezar conmigo? El tecladista tocaba ahora canciones de Juan Gabriel y la mesera guapa continuaba repartiendo café a manos llenas.

Se llamaba Miguel Castro, abogado y dueño de dos barcos camaroneros. En el informe de la policía de la ciudad aseguran que Larissa Carlón mató a Pedro Sánchez y luego se suicidó, ¿la crees capaz? Bueno, Larissa era capaz de cualquier cosa, tenía un dicho que regulaba la mayoría de sus actos: primero muerta que apocada, partiendo de esa premisa pudo matarlo simplemente porque le dio la gana; era exagerada, muy hermosa, viuda de Allan Parker, uno de nuestros mejores amigos. No creo que ella quisiera casarse con Pedro, era un muchacho sencillo, entusiasta, pero sin carácter para vivir con una mujer como Larissa. No ocurrió, nunca se involucró con alguien del grupo, esta camarilla es como un refugio para escapar de lo que sea, y aunque no es una regla escrita, nunca hemos sabido que algunos establezcan relaciones más allá de nuestro desayuno semanal. Es correcto, nos reunimos aquí, comemos, hablamos de política y sobre asuntos de la ciudad, tres de nosotros hemos sido funcionarios municipales. Nunca supe dónde vivía y no poseía ningún despacho, decía que no le alcanzaba. Si tenía enemigos no eran visibles, un día Larissa comentó que se había involucrado con un hombre poderoso y que Pedro no lo estaba tomando bien. No lo dijo. Realmente no tengo idea de quién pudiera ser, en esta ciudad viven más de cincuenta millonarios. Es probable que desde un principio le dejó muy claro que aunque durmiera con él algunos días de la semana, se iría con cualquiera que le llamara la atención, era su estilo, con su marido hacía lo mismo, un gringo muy liberal en cuestiones de sexo. Me parece poco probable, los dueños de las casas de La Herradura son gente de muchos recursos y muy respetuosos de las leyes. Nunca hablaba de los clientes difíciles y les cobraba en sus negocios, que yo sepa jamás visitó a ninguno en su casa. Tenía interés en los derechos sexuales de las mujeres, pero nadie le hacía el menor caso, ni siquiera sus amigas. Es verdad, pero no imagino a un divorciado tomando esa clase de escarmiento. Fue una gran pérdida, de verdad era una mujer muy especial.

Fidel Aragón, que fue el siguiente, dijo más o menos lo mismo; agregó que ella era muy temeraria y disfrutaba de los riesgos, que no se acostaba con ellos no porque le importaran las reglas sino porque eran muy feos, sonrisas.

Alicia Meza agregó que Pedro era un tierno y ella una casquivana. ¿Les digo algo? No creo en lo que dicen, que lo mató y se suicidó; no lo quería pero no era mujer de sangre negra, además tenía una niña hermosa que vive con su abuelo en el Maviri, que adoraba a Pedro. Los hombres mayores la seguían y se metía con todos, eso de que primero muerta que apocada era su perdición. No sabría señalar alguno en particular, quizá los polis sepan algo. Pedro era querido, uno sentía deseos de protegerlo, sobre todo de los abusos de ella. No sé, pero una vez, hace más o menos un mes, vinieron dos jóvenes con cara de matones al restaurante y se fue con ellos. No entraron, ella dijo que iba al baño y no volvió. Porque hay cosas en la vida que sólo vemos las mujeres, ¿verdad, señora detective? No que yo sepa, quizá se abstenía porque éramos amigos de Allan. La mesera volvió a servir café.

Deliberadamente dejaron al final a Armando Morales, estaba muy nervioso y sudaba tanto como el Zurdo; el detective fue al grano. ¿Cuánto tiempo fuiste amante de Larissa Carlón? El hombre tardó en responder, miró el mantel, se chupaba los labios. Gris contempló a Mendieta y luego a Morales. Tres años. ¿A qué te dedicas? Vendo fertilizantes. Tendría más de sesenta, grueso y respiraba como si le hubiera subido la presión. ¿Puedes comprobar dónde estuviste el viernes pasado por la noche? En Monterrey, fui a una demostración de fertilizantes orgánicos, llegué el sábado a mediodía y me encontré con la noticia. ¿Dónde te veías con ella? En cualquier parte, a ella no le gustaba un lugar fijo. ¿En su casa? Sólo una vez, al principio. Supongo que eres casado. Es correcto. ¿Crees que Larissa Carlón haya matado a Pedro Sánchez y luego se haya metido un tiro en la cabeza? No lo concibo, pero era completamente imprevisible. ¿Cómo hicieron para que los miembros del grupo no supieran de su relación? Bueno, así se dio, sólo Miguel supo. ¿Te confió Larissa que tenía una relación con un hombre poderoso? Hace como dos meses le contó a Miguel que alguien la pretendía, creímos que era yo; teníamos cinco semanas sin vernos, aunque le llamaba cada tercer día. ¿La extrañabas? Permaneció un minuto en silencio. Más de la cuenta. ¿Quién era el hombre importante con el que salía? Se lo pregunté pero no me dijo. ¿A quién temía Larissa Carlón? A nadie, su miedo era que cuando su niña creciera le echara en cara su conducta. Bien, déjanos en la administración las facturas del hotel en Monterrey y los boletos de avión, no salgas de la ciudad, si es necesario te buscaremos en tu empresa, puedes regresar con tus amigos. Gracias, les pasó una tarjeta de presentación y se puso de pie. Una última cosa, necesitamos hablar con tu esposa, ¿dónde la podemos encontrar? Se volvió a sentar, de nuevo se lastimó los labios. Les suplico que no lo hagan, ella sospecha y me tiene amenazado con dejarme en la calle. De manera que eres de los hombres que jamás piensa en las consecuencias, expresó Gris con frialdad. La buscaremos en tu casa, propuso Mendieta.

Pero sólo en caso necesario. Morales se retiró despacio, ante la mirada inquisitiva de la detective.

Apenas terminaron arribó el Pargo Fierro para llevarlos al domicilio de Pedro Sánchez. ¿Un café, señor Fierro? Lo invitó Gris. Gracias, llevo dos tazas y mi hija no me permite ni una más; ¿desayunó bien, detective?, porque aquí cocinan muy rico. El menudo es increíble; tengo una pregunta, Fierro, el señor Castro, que está allí desayunando, nos contó que Larissa le confió que se veía con un hombre poderoso, ¿tienes idea de quién sea? Meditó un momento. La verdad no, durante el último año sólo la vi con Pedro Sánchez. Gris firmó la cuenta. ¿Nos vamos, señores? Me parece bien, porque debo reportarme temprano a la jefatura.

La ciudad era un oasis invertido.

Circulaban por la calle Independencia rumbo al estadio de beisbol cuando entró la llamada de Abel Sánchez. ¿Cómo va todo, Edgar? Avanzamos, despacio pero avanzamos, ahora mismo estamos fijando el contexto de tu hijo. Ojalá y no encuentres sorpresas desagradables. No creo, ¿sabes algo de su novia Larissa Carlón? Sólo que es de buena familia, muy guapa y que como abogada era de las duras. ¿Te la presentó? No. Ah, ¿alguna vez te invitó Peri a su casa? Nunca, y ahora que lo dices jamás supe dónde vivía, en estos años lo vi realmente poco y cuando lo visité nos encontrábamos en un restaurante que se llama El Taquito, recuerdo que me regaló una camisa que compró en Eqqus, una tienda que está al lado. ¿Te contó de alguien que se resistiera a pagar cuando fue a cobrarle? Nunca, siempre decía que le iba bien. ¿Te confió por qué quería regresar a Culiacán? Dijo que había cumplido su ciclo en Los Mochis. ¿Algo que no te he preguntado y que recuerdes? No, pues no. ¿Algún enemigo tuyo que quisiera cobrarse en tu hijo? No creo, bien sabes que hace tiempo que estoy fuera de circulación. Fuiste buen policía y mi mejor maestro, y seguro has pensado el caso, ¿algún consejo, alguna línea que debamos seguir? Minuto de silencio. Quizá la novia sea una puerta entreabierta que debas abrir; en el velorio, los amigos no me contaron pero murmuraban asuntos delicados, como que ella era muy enamorada y que su padre decidió no velarla. ¿Cuándo te dijo que quería volver a Culiacán? Hace más o menos un mes. Listo, viejo, mantente tranquilo, en cuanto tengamos algo serás el primero en saberlo. Gracias, Edgar, le voy a llevar a Ger unas calabazas para que te haga un colachi con granos de elote y queso ranchero que te chuparás los dedos. Me encantará, y al fin podré presumirle algo al comandante Briseño.

Sánchez vivía en un departamento modesto en un viejo edificio de tres pisos. Gris Toledo abrió la puerta con una ganzúa. Olía a abandono y estaba desordenado: dos sillones con libros y periódicos sin acomodar, ninguno de fecha reciente, una mesa con loza sucia encima, la cama deshecha, el baño maloliente, las ventanas cerradas y protegidas con unas cortinas infames. Evidentemente el inquilino no visitaba a menudo su madriguera. Gris oteaba cuidadosamente, el lugar le estaba dando la peor información del sacrificado, Mendieta imaginaba al abogado en ese muladar y concluía que debía sentirse sumamente miserable para vivir de esa manera, ¿no era lo mismo por lo que él había pasado y de hecho no terminaba de salir? Claro, sólo que Pedro no tenía una Ger que lo cuidara; entonces, ¿cuál era su relación real con Larissa Carlón que vivía en una casa todo orden y de alto costo?, ¿era sólo sexo?, ¿mantenían algún acuerdo misterioso? Alicia Meza dijo que su niña lo adoraba y el antiguo detective Sánchez aconsejó que miráramos por esa puerta. Transpiraba levemente, deseaba un *whisky* pero el cuerpo le mandó un aviso de que ni se le ocurriera, que era muy temprano. El Pargo Fierro permaneció en la entrada. ¿Crees que Larissa y Pedro se hubieran casado? Tardó unos segundos en responder. ¿Por qué no? Aunque hubiera sido un matrimonio muy disparejo, él era demasiado bueno para ella. El matrimonio es como el demonio. Un gordo de camiseta sucia se presentó en la puerta que se hallaba abierta. ¿Son parientes de Pedro? Somos policías, lo atendió Fierro. ¿Quieres ver a alguien de su familia? Me importa madre su familia, lo que quiero es que alguien me pague la renta, me quedó a deber seis meses. Al parecer no usaba mucho el departamento. No es mi problema, como me debía, al final el cabrón casi no venía, ¿pero por qué voy a perder dinero yo?, que lo pierda otro. ¿Tienes un contrato? No lo creí necesario, vivía aquí desde hacía cuatro años y nunca lo necesitamos. Eso es delito, a él no lo podemos castigar pero a usted sí, avise a su mujer que acaba de topar con la policía hacendaria y que lo vamos a llevar a la delegación para oír su declaración. ¿Qué?, me lleva pura madre, si es por ese pinche dinero métaselo por donde le quepa porque yo no voy a ningún lado, se retiró mentando madres antes de que Mendieta pudiera sonreír o agregar algo. El Pargo sonrió. Gris salió de la habitación sosteniendo un bote de basura lleno. Jefe, tiene que ver esto.

Vas a morir, decía una tarjeta media carta partida en dos. Se encontraba encima de un sobre manila que a su vez estaba sobre un periódico. Órale. Los detectives contemplaron el sobre sin destinatario ni remitente, Fierro observó con interés la tarjeta impresa en computadora. Por lo visto le cumplieron, ¿Larissa? Puede ser. Insisto, esas delicadezas no son de una mujer que tiene razones y agallas para mandar a su novio al infierno. Entiendo, hay varias cosas que nos indican seguir otro camino; Fierro, ¿sabes quién es el dueño de Agrícola Mochicahui? Poncho Camacho, tiene fama de intransigente. Si Pedro lo buscó para cobrarle y lo fastidió, ¿crees que se animara a meterle tres tiros en pleno Parque Sinaloa? Puede ser, aunque eso de hacerlo en el parque no me cuadra. Aquí señala que lo visitó cuatro veces en su última semana de vida. No imaginé que Pedro fuera tan tenaz. O que Camacho resistiera tanto. Es un tipo duro. ¿Cuánto le estaba cobrando? Medio millón de dólares, respondió Gris. Es una buena pachocha. Pargo, necesito que me prestes un hombre para que lleve este recado y el sobre a Culiacán. Si te urge, Orozco puede hacer el trabajo, el problema es que es incondicional del comandante Rendón, que por cierto me ha prohibido colaborar con ustedes. ¿Lo podríamos convencer? Bueno, tiene algunas debilidades, bajó la voz y les explicó.

Dos minutos después le marcó al Coyote Orozco y se lo pasó al Zurdo. Señor Orozco, soy el detective Mendieta y necesito un favor. No le hago favores a la mierda, sé la clase de policía que es usted y sé en lo que anda, no me interesa. Es un trabajo muy sencillo para su probada experiencia. Ni aunque fuera algo infantil. Bueno, tengo unas fotos de usted que tomamos hace unos días en El Apache Siete, realmente ese vestido negro, con esa abertura que deja ver su pierna izquierda, le queda perfecto, creo que le encantarán al comandante Rendón. Silencio en el que una maldición lastima un tímpano. ¿De qué se trata?

A Fierro lo llamaron de urgencia de la jefatura y tuvo que acudir. Se ofreció para llevar las pruebas que ya estaban en una bolsa oscura pero Mendieta prefirió citar a Orozco en el hotel; antes de entregárselas quería consultar algo con Ortega.

Se trasladaban al hotel cuando entró una llamada justamente del jefe de los técnicos; el Zurdo, que se había bebido un largo trago de *whisky* en el asiento del copiloto, tomó la llamada. Pinche joto, me leíste el pensamiento. Tengo esa virtud, papá. Oye, ¿conoces al Coyote Orozco, un técnico que trabaja acá? Sí, es medio pendejo y no está capacitado lo suficiente. ¿Crees que pueda revisar las huellas de un sobre y de una tarjeta? Eso sí. Una pregunta: ¿hicieron levantamiento en las botellas del bar de Larissa Carlón? No. Para eso me gustabas, por eso siempre andamos valiendo madre. Ya, no estés chingando, pinche Zurdo, ahí te va lo que tenemos: ropa de cama con leves indicios de pólvora, lo que significa que el disparo ocurrió de no menos de un metro. Lo que decíamos, está cabrón que sea suicidio lo de la novia. ¿Por qué no?, a lo mejor era la mujer elástica. Qué más. En cuanto a huellas, sólo las de Jack el Destripador, claro, sin contar las botellas que tú viste mejor que nosotros. Sonrisas. Continuó. El lodo de los zapatos no corresponde a lo que tenemos del parque, es bastante arenoso, quizá fue a la playa antes de morir. Su padre tiene un restaurante en el Maviri, debe haberlo visitado con frecuencia porque su niña vive con él. Me suena el nombre. Es un famoso campo nudista. Pues visítalo, a ver si se te quita lo joto o encuentras al amor de tu vida; en cuanto a la bala que nos dieron junto con la lap y el celular, es de una Glock de 9 mm, mismo calibre que se usó con Pedro y quizá la misma pistola, en este caso hay una ojiva diferente, lo más seguro es que sea de otra pistola. ¿Quieres decir que tenemos dos tiradores en el parque? O un tirador con dos pistolas, en la laptop encontramos documentos de trabajo y mensajes normales, luego te los enviamos al hotel. ¿Y el celular de Larissa? Incluiremos la relación de llamadas de un mes antes de su muerte con el resto; una cosa más, nos dieron un calzoncito que encontraron en el piso, los muchachos están tratando de aislar una huella diferente de la de ella; ah, la sangre del brocal es de Pedro. Órale, ¿qué hay de las fotos del pozo? No chingues, pinche Zurdo, no somos máquinas. Está bien, cualquier cosa nos llamas, ¿sacaron algo de la colilla? No sirvió, estuvo demasiado tiempo expuesta a la humedad. Oye, necesito un favor. Chinga a tu madre, y colgó. Mendieta sonrió y se volvió a su compañera. Ortega es el mejor, Gris afirmó. Vamos para la casa de Larissa, le vamos a dar las botellas del bar a Orozco.

¿Qué opina de la amenaza? Me parece un tanto extraña, por un lado me da la impresión de que estamos ante un asesino inexperto, deja mensajes como en el siglo pasado y en el pozo había una colilla sin filtro, por otro, creo que es un tipo listo, hay algo encriptado allí, un mensaje que dudo sea de Larissa, que por lo que nos han contado era muy atrabancada y por ahora, como tú, no la concibo dejando recados de ningún tipo, ¿y tú? Pienso que en la tarjeta hay un elemento humorístico, quizá Pedro siempre supo de quién era y nunca se la tomó en serio, la rompió y la echó al bote de basura como algo sin importancia. ¿Por qué no pensamos que podrían ser crímenes independientes? Alguien mató a Pedro por lo que sea y otro alguien se escabechó a Larissa, ¿por qué la policía local no dudó de que sus muertes estuvieran relacionadas? Además cerraron el caso. ¿Te parece extraño? Más que extraño, burdo. Quiero que hablemos de nuevo con Morales, podría ser un excelente actor en el papel de su vida y Rendón tendrá que soportarnos al menos otra vez.

Gris Toledo sacó cuatro botellas del domicilio. En el hotel los esperaba un hombre delgado, bien parecido, de cuarenta años aproximadamente. Llevaba una mochila negra a la espalda. Mendieta le pidió que buscara huellas en el recado y en las botellas. ¿Tienes el material necesario? En mi casa tengo lo suficiente, no trabajaré en el laboratorio de Servicios Periciales. ¿Y el archivo de huellas? Aquí en mi laptop está todo, señaló la mochila. Disculpe, detective, ¿podré tener las fotos de las que me habló? Por supuesto, cuando me entregues el análisis serán tuyas. Si no me agobian con trabajo podría tenerlas mañana mismo. Excelente.

La investigación avanzaba y decidieron visitar al padre de Larissa antes que a Camacho. En el estéreo: "Just the Way You Are" con Billy Joel.

Al mismo tiempo que Mendieta bebía un trago de *whisky,* se escuchó una descarga de AK-47. Le supo a galletas Pan Crema.

11

Del primer piso llegaban risas y las voces de Los Cadetes de Linares que cantaban "Pistoleros famosos".

Mi padre era minero, buen hombre, pero murió joven y me heredó el puesto, ¿quería ese trabajo yo? Pues no, tenía dieciséis y ya había hecho mis primeros jales. Dicen que hay muchos caminos cuando uno es joven, pero cuando naces en la sierra y eres pobre sólo hay uno: arriar chivos y sembrar calabacitas.

La casa era blanca, de construcción reciente, y vigilaban desde el segundo piso. Valente lo escuchaba lejos, como si estuviera en Choix, su tierra natal. En el bulevar el tráfico era normal. El Minero le caía bien, pero eso de que matara mujeres con tanta facilidad no le cabía en la cabeza.

Tienes el apodo.

Y me gusta, aunque no me imagino barrenando una pared o abriendo túneles, respirando gases venenosos y sudando como loco. Eso de ser minero es muy cabrón, no hay uno que no muera joven, es como una maldición de la tierra.

Los túneles me llaman la atención y pienso que esa profesión es muy parecida a la nuestra.

Es cierto, aquí también si te descuidas chupas faros; sólo he conocido un pistolero que la libró, y eso porque se retiró a los treinta, puso un rancho cerca de San Miguel Zapotitlán y allí se la pasa.

Tengo treinta y dos.

Yo treinta y ocho, fue el que me enseñó que no hay que contar los muertos, que es de mala suerte; oye, ayer me platicaste de tus broncas a la hora de darle piso a una mujer y a lo macho, me pareció muy chingón que lo confesaras, eso es de hombres, no chingaderas; me acordé del jale del viernes, la orden era que sólo yo disparara y aún así le sorrajaste un tiro en la panza al bato, ¿por qué?

Valente meditó un momento y sonrió.

Me emocioné; si bien no me gusta darle p'abajo a las viejas, tronarme a un bato es como servir a Dios, y me deleita de a madre. Te conté porque me sorprendió tu sangre fría, hasta te diste tiempo para colocar la fusca en la mano de la vieja.

No fui yo, amigo, se la dejé en la panza, alguien se la acomodó, a lo mejor para la foto del periódico o para jugar con el cadáver, ve tú a saber.

Descansaban en sillones. El Minero, con el cigarrillo que se estaba terminando, encendió otro y dejó la colilla en un cenicero hasta el tope, frente a ellos un ventanal de vidrios polarizados les ofrecía el espacio que debían vigilar.

Parece que la vieja era muy importante.

A Valente le estaba entrando un sentimiento de animadversión hacia su compañero y no quería que creciera; tenían años trabajando juntos y jamás habían tenido problemas, ¿qué le pasaba ahora?, ¿de dónde le venía ese desagrado? Bueno, era la primera vez que se enteraba de que había matado a una mujer a sangre fría y él las adoraba.

No lo dudo, pero ya está muerta y enterrada, igual que el pendejo del novio.

¿Te acuerdas cuando lo saqué de la casa de ella? El bato se puso blandito blandito, tanto que me dio lástima y nomás un madrazo le sorrajé; luego empezó a cantar una canción de niños: *Naranja dulce limón partido, dame un abrazo que yo te pido…* bien curado.

Qué bueno que le dimos piso, el cabrón estaba más loco que una pinche cabra.

Oye, si nos vuelven a mandar por los tacos dame chance de ir a mi casa, ¿no?, tengo ganas de ver a mi chaparrita.

Te trae de un ala, pinche Valente, nunca pensé que te fueras a clavar tan machín.

¿Porque era puta?

No, ¿cómo crees?, pasa que nunca te había visto así, tan enamorado.

¡Minero!

La voz llegó del primer piso y hacia allá se dirigió.

12

Los acogieron un puente intrascendente, un caserío insignificante y una playa extensa, hermosa y apacible. *Entre las ondas azules y blancas / rueda la natación de las toninas / entre arabescos de olas y de anclas.* Mendieta recordó al poeta José Juan Tablada y lo celebró con dos tragos triples de Buchanan's que lo apaciguaron aunque continuó respirando grueso, tal vez con cincuenta respiraciones por minuto. Gris, tranquila, al volante, leyendo mensajes en su celular que no había podido responder.

El dueño del restaurante Pez Vela los recibió con su cara agria. Era un lugar agradable y olía a pescado frito. Se identificaron. Ustedes no me van a devolver a mi hija, así que regresen por donde llegaron, además, según sé, no son los mejores policías y ni siquiera son de Los Mochis. Mendieta observó el rostro enfadado, el hombre era blanco y robusto, vestía una playera del Cruz Azul. ¿A qué hora le llamó Rendón? A mí no me llamó nadie. Alto, de ojos claros. Sé lo que debo hacer con la memoria de mi hija y nadie me lo va a impedir, menos ustedes, pinches policías de mierda, corruptos, lamehuevos, Mendieta le soltó un izquierdazo en el estómago que le sacó el aire y lo puso pálido. Si eso cree de nosotros está bien, señor Carlón, qué le vamos a hacer, sólo tenga más respeto por mi compañera, que aunque usted no lo crea, todos los días se juega el pellejo por ciudadanos como usted, que no siempre lo reconocen, y si cree que su hija se suicidó después de balacear a Pedro Sánchez en el Parque Sinaloa, podría estar siendo cómplice de encubrimiento; nosotros dudamos y me extraña que nadie lo dude, que usted no lo dude, ¿acaso su hija era una asesina? Carlón se repuso, dos meseros se acercaron pero Gris los alejó con un gesto. No sé nada, agregó el viejo. Y de nada me sirve dudar, ella está muerta, me dejó una niña de nueve años y algunas deudas. ¿Podemos hablar con la nena? Ordenó a un mesero que trajera a Teresita que se hallaba en una casa cercana. Usted huele a *whisky*, no me gustaría que se acercara a mi nieta. Yo conversaré con ella, intervino Gris y añadió. No se preocupe. Pedro Sánchez era hijo de un policía honrado, dijo el Zurdo. ¿Policía honrado? No me haga reír, y si hablamos de su hijo, peor, era un farsante, un vividor, maldita la hora en que mi hija se enredó con él; Larissa era amiga de las Grijalva, de las Félix, de las Torres, no era cualquier pelangocha; cuando conoció a ese patán se perdió; no había día en que no se lo advirtiera, no podía andar por ahí como pajuela, debía comportarse como una viuda decente; su marido le dejó todo, para ella y para la niña, pero estaba terca en salir con ese pillo con licencia de timador que le echó a perder la vida. Veo que lo conoció el día que le vino a cobrar una factura atrasada. ¿Cómo lo sabe?; el alcohol hace milagros en usted. Dicen que lo van a canonizar; ¿guarda en su casa las cenizas de su hija? Es algo que a usted no le importa. Carlón continuaba agreste.

¿Qué edad tenía Larissa cuando le enseñó a manejar armas? ¿Yo?, ¿de dónde saca eso?, jamás he sabido disparar y mucho menos enseñar a otros a que lo hagan; nunca me enteré de que ella supiera de armas, hasta que me dieron la noticia. Le llamó Rendón. ¿Qué trae contra Rendón?; somos amigos desde niños, era natural que me avisara. Él cerró el caso y decididamente se opone a que investiguemos. Pues si ya saben lo que pasó yo tampoco le veo sentido a seguir escarbando.

En el restaurante, que era al aire libre, comían varias personas; a unos cuantos metros, el mar poco profundo oscilaba suavemente; una pareja se besaba, otra caminaba. ¿Se trajo el carro de su hija? Está allí, señaló un bulto negro. El auto se hallaba cubierto para evitar la corrosión del mar. Era un Malibú nuevo. Mendieta escudriñó en los papeles y sólo encontró la tarjeta de circulación y el contrato del seguro. Ni un indicio, Gris examinó una libreta de direcciones pero estaba en blanco.

Volvieron con el dueño. Señor Carlón, no lo molestaremos más, sólo piense que podría estar encubriendo a alguien. ¿A quién? Es lo que queremos saber. Mire, detective, mi hija tenía su vida y desde hace cuatro años no quise saber nada de eso, sólo le pedí que me dejara a la niña. Le contó a uno de sus amigos que estaba saliendo con un hombre poderoso, ¿supo usted algo? Le estoy diciendo que decidí no saber nunca lo que hacía o a quién conocía, el único que vino aquí fue ese idiota de Sánchez. A quien, me han dicho, su nieta quería mucho. Pues sí, qué le vamos a hacer, hay cosas que los niños ignoran. Aunque había bajado la voz su gesto seguía siendo hostil. Larissa llevaba a la niña al cine y él las acompañaba. ¿Pedro amenazaba u ofendía al cobrar? Qué lo iba a hacer, llegaba con su pinche sonrisa pendeja y su labia. Carlón guardó silencio y puso atención a la calle. Lo mataron de tres balazos. Pues para lo cabrón que era economizaron mucho.

Una camioneta Apalache con vidrios polarizados se estacionó con cierta espectacularidad frente al restaurante. Escuchaban a Chalino Sánchez a todo volumen. Bajaron tres jóvenes desgarbados, uno de ellos vestido con elegancia Armani, los otros de jeans y camisas a cuadros. Botas vaqueras, cintos pitiados. Se acercaron al trío. Ei, Mauricio, ¿quién es esta señorita tan guapa? Son polis. ¿Polis? Escupió en el piso con violencia. ¿Y qué buscan, si se puede saber? Al asesino de Pedro Sánchez y Larissa Carlón, dijo El Zurdo. ¿Qué no se lo chingó ella y luego se suicidó? Es lo que se dice, simplemente vamos a comprobarlo, ¿y tú quién eres? El Cali Montiel, para servir a la señorita. Señora, aunque se tarde un poquito. Bueno, no soy celoso; oye, por ahí me dijeron que golpeaste a Mauricio, y a estos muchachos no les gustó nadita, vieras cómo lo quieren. Los jóvenes se aproximaron al Zurdo que pensó decirles cuántos años eran de prisión por golpear a un policía pero prefirió ponerse alerta. Ei, mira, un poli valiente, qué feo caso. ¡Abuelo! La niña llegó corriendo, cruzó entre los facinerosos hasta llegar a los brazos de Mauricio Carlón, a quien se le iluminó el rostro. Pelo rubio, ojos verdes. Qué hermosa, ¿ya comiste, corazón? Comeré contigo y con tu panzota. ¿Cómo te fue en la escuela, tenías examen, no? Bien, sólo fallé en una pregunta. No puede ser, si tú lo sabes todo, qué pregunta es esa. Qué es el calentamiento global. ¿Y qué respondiste? Es cuando se te ponen las nalgas frías, y la maestra me puso cruz. Ay, niña, pensó decirle: eres igual que tu madre, pero sólo sonrió. Quiero mis camarones al coco. ¿Puede comer esta señora con nosotros? Sí, hola. Hola, ¿cómo te llamas? Teresa Parker. Yo, Gris Toledo. ¿Eres algo de Gandalf el Gris? Es mi tío. Ocuparon una mesa alejada.

Mauricio se volvió a los recién llegados. Por favor, Calixto, no quiero broncas, dejen esto como está. Pero este cabrón te pegó y no es más que un pinche poli cagado. Tampoco me dolió tanto, déjalo de ese tamaño. Mide tus palabras, Montiel, y amarra a tus pinches perros. El Zurdo estaba harto del protocolo. ¿Lo ves, Mauricio? Está pidiendo a gritos que le demos pa' sus chicles. Hay clientes, y estoy seguro de que odian la violencia, así que por favor olvídalo. El Zurdo sudaba copiosamente, sabía que cualquiera de ellos le podía caer encima. Gris se mantenía atenta frente a la niña. En la calle de arena, un viejo Nissan que se acercaba despacio se detuvo frente a ellos, de las ventanillas surgieron dos Kalashnikov ratatat que se vaciaron en la banda. Los malandros cayeron abatidos, Montiel saltó tras su camioneta disparando su pistola, Mendieta y Carlón se lanzaron al suelo. Gris desenfundó y protegió a Teresita con su cuerpo. Los clientes quedaron paralizados. El Nissan se marchó sin prisa, como disfrutando el mediodía, como había llegado. Cinco segundos. La playera de Mauricio estaba empapada de sangre y el Zurdo tenía un rozón en la pierna derecha que le chamuscó el pantalón negro y la piel.

Anda, eres muy chingón, ve tras ellos, pinche narco comemierda. Mendieta se puso de pie.

Ni que fuera tan pendejo, y no soy narco, poli, me dedico a la comercialización de gasolina.

Entonces lleva a Carlón a la Cruz Roja.

Mejor llévalo tú, no vaya a ser la de malas y me estén esperando en el puente o me sigan hasta allá, expresó. Llamó a un mesero para que lo ayudara a subir los cadáveres de sus amigos a su vehículo y se marchó. Dos minutos.

Mendieta se revisó la herida que sangraba levemente. Puta vida, tan a gusto que estaba yo en mi casa pisteando tranquilo. Gris se acercó sigilosa, con la niña llorosa que deseaba ver a su abuelo. ¿Está herido, jefe? Sólo una caricia, llevemos a Carlón a la Cruz Roja. Es el hombro, dijo el herido. No es nada. Abuelo, ¿te duele mucho? Necesita atención, tenemos que llevarlo rápido, propuso Gris. De paso que me pongan un poco de merthiolate; Mendieta había dejado de sudar. Estoy bien, mija, una herida pequeña para que se me baje la panza. ¿Puedo ir contigo a la Cruz Roja? Espérame en casa, que te lleven los camarones. Estaba descolorido.

El restaurante quedó vacío, los comensales pagaron y se esfumaron sin terminar sus platillos. Sólo la pareja que se besaba continuó en lo suyo, susurrando al mundo que el amor y los balazos son incompatibles.

13

El Minero escuchaba atento al Perro Laveaga que bebía más que todos y sin embargo se mantenía lúcido y centrado.

Quiero saber quién está al mando de los marinos por si debemos negociar; lo encuentras, le doras la píldora y le preguntas cuánto quiere, ¿entiendes?

Todos tenemos un precio.

Observó el Grano Biz.

Sí, señor.

Con la policía local no hay problemas, comen de la mano del Grano y nos respetan.

Rendón me tiene miedo, del que nunca me siento seguro es del Pargo Fierro, ¿qué trae ese cabrón?

Supongo que lo conoces.

Se puede decir que sí, tengo algunos años en la ciudad y él tiene mucho tiempo de servicio.

Te llevas bien con él, ¿verdad, pinche Minero?

Quizá me deba un par de favores.

A ver, a ver, ¿cómo está eso, no acepta regalos del Grano y a ti te debe favores?

Era amigo de mi padre.

¿Qué clase de favores, Minero?

El aludido hizo una ligera pausa.

Siempre anda en una camioneta de la policía, pero le fascinan los carros arreglados, bien pintados, carburadores abiertos para meterlos en la arena, esas cosas; dos veces le presté dinero para que comprara piezas.

Ah, no recuerdo que me lo comentaras antes, pinche Minero, ¿de qué se trata, cabrón?

Los ojos del Grano Biz irradiaron un brillo mortal.

Fue antes de que usted llegara, jefe.

Grano, si tienes pedos con ese cabrón regálale un Mustang y asunto arreglado.

Buena idea, jefe, pero antes, Minero, no hagas nada a mis espaldas, cabrón, eres hombre de mi confianza y quiero que lo sigas siendo.

Tranquilo, Grano, ya lo dijo, fue antes de que te mandara para acá.

Ningún favor a nadie sin que yo lo sepa, morros, ¿oyeron lo que estoy diciendo? Ustedes son nuevos pero quiero que empiecen bien desde el principio y, lo primero, tengan muy claro quién manda aquí, el chaca es el jefe Laveaga y después mis huesos, pero cuando el jefe no está nadie puede mover un dedo sin mi consentimiento. ¿Entendieron, cabrones?

Dijeron que sí, incluido el Minero, que comprendía perfectamente la jerarquía del Grano Biz y no quería problemas.

Minero, los marinos andan rondando y necesitamos tener despejado el lado de la policía, el Ostión ya está con Platino y Rendón es gente del Grano Biz, busca a ese poli y ofrécele algo además de tu amistad; si se pone charrascaloso le regalamos un carro o le pegamos un tiro.

Se oyeron las botas de Valente en la escalera.

Jefe, llegó la comida.

Uno de los sicarios salió y entró con los tacos.

Que son mil quinientos pesos.

Un grato aroma despertó el apetito general.

Grano, dale una buena propina al plebe que los trajo y repártelos antes de que se enfríen. Hay que comer y mamar que el mundo se va a acabar.

Además, la carne asada ayuda a bajar el pedo y la coca nos durará más, ¿cuántos quiere?

Con cinco me conformo, y ponles salsa que enchile, no me salgas con tu pinche jugo de tomate.

Ésta de chiltepín está criminal.

Cuando anduve por Yucatán hacían una de chile habanero que no tenía madre.

Ésas son palabras mayores.

Quizá por eso los yucatecos son tan buena onda.

Dicen que abandonan sus casas cuando están más bonitas.

Comieron deprisa. Eran las diez de la noche y estaban a media luz.

¿Le marco a Platino de nuevo?

Esperemos un rato, si está con una de sus viejas no va a contestar nunca.

Bueno, en eso todos somos iguales.

Pues sí, las viejas son lo mejor del mundo.

Por eso no entiendo por qué terminó con Daniela Ka.

Daniela Ka recibió joyas, una camioneta Mercedes Benz, vales para ropa en las mejores tiendas de Phoenix, pero nada de apoyo para una radionovela sobre la vida del Perro Laveaga. Comprendía la situación pero no dejaba de ver al capo, le gustaba ese hombre desgarbado y sexoso que le decía cosas sucias sobre su cuerpo y sus partes íntimas y se dejaba querer con salvajismo. Te la voy a meter por donde nunca te la han metido, mamacita. Reconocía que le estaba tomando gusto a esas tardes ominosas en que era otra y permitía que sus peores instintos se manifestaran. Por las orejas no, papito, por favor. Laveaga se sentía a gusto con ella, había tenido las mujeres que había querido pero esta locutora sabía mover el cuerpo como nadie y desarrollaba un calor que jamás había conocido. Incluso volvió al sexo en sillones y camionetas, mientras el Grano Biz le pedía prudencia, pero a él no le importaba. Tú vigila que para eso te pago, cabrón, que el placer de hacerlo donde te dan ganas no tiene madre. Incluso pensó que se podrían casar, ¿por qué no? Era hermosa y podría darle algunos hijos hermosos.

Si Ya Saben Cómo Soy Para Qué Me Atrapan sintió que había cometido un error al dejar ir a esa muñeca y bebió largo; el día anterior había pensado buscarla y aún no tenía idea de cómo dar el primer paso. ¿Cómo se contenta a una mujer?

No preguntes pendejadas, pinche Grano, pareces puto.

Perdón, jefe.

A ver, cabrón, ¿por qué dejaste a la vieja esa que se suicidó si era tan cachonda?

Encontré otra, todavía más caliente y más hermosa, una morra de Guasave.

¿Aparte de la Miss?

Pues sí.

Suerte que tienes, cabrón.

Papi, me gustaría presentarte al actor que hará tu voz en mi radionovela, le pidió después de hacer el amor en la alfombra del cuarto de la tele. No me digas que no te gusta la mía. Daniela lo miró a los ojos fríos y no supo interpretar esa oscuridad. ¿Bromeas, papi? Claro que no, seré como Kalimán, que él mismo actuaba su telenovela. Primero debe ser radionovela, después ya veremos; nunca pensé que quisieras grabar tu voz. ¿Qué, no te gusta? Cómo no me va a gustar, si me pone tan cachonda, lo besó. Sólo que... Nada, nalguita, mi voz la hago yo. Va a ser un tiro, ¿en cuántos capítulos quieres salir? En total son cuarenta. En todos. Ándese paseando, mi amor, ¿con quién veo lo del dinero? Conmigo, estaba pensando en comprarte la estación. ¿En serio? Pues claro, eres mi vieja y tiene que notarse; veamos eso y ahí metes lo de la telenovela. Radionovela, mi amor. Oye, cabrona. ¡Pafff! ¡Nadie me corrige y tú ya lo hiciste dos veces, si digo que esa madre es una telenovela es que es una telenovela, no lo vuelvas a hacer! Daniela sintió un nudo en la garganta, por eso no reaccionó de inmediato cuando recibió la tremenda cachetada que la paralizó. Ardor en la mejilla. Mente en blanco. La rabia la invadió, no iba a llorar, odiaba llorar y no lo haría ante ese hombre que se había atrevido a tocarla; lo miró a los ojos pero vio que despedían fuego y se volvió hacia el piso. No iba a salir corriendo, no iba a doblarse, no le iba a dar el gusto de verla débil aunque le costara controlar todo ese dolor que le desfiguraba la cara. Ahora vete, cuando necesite tu puta cara te marcaré, si no te busco no quiero que llames y menos verte por acá, ¿está claro? Abandonó la pieza con su ropa en la mano. Pinches viejas, todas son iguales, creen que somos sus pendejos, escuchó un portazo y se vistió. Durante el largo trayecto a su casa, en Culiacán, tuvo tiempo de enfriarse y estudiar la situación para dar el siguiente paso que no sería en reversa. En su camioneta Mercedes, jamás rebasó los límites de velocidad.

¿Qué le regalaré a Daniela para que me perdone? Un abrazo no creo que sea suficiente, estoy seguro.

14

En el hospital Agraz, donde Carlón pidió que lo llevaran, los alcanzó el Pargo Fierro, había enviado a Robles y Mendívil al Maviri a interrogar a los meseros. Las heridas no eran graves, una doctora guapa de grandes ojos de gata los curó, les aplicó antitetánicas y les pidió, muy sonriente, que tomaran unos días de descanso. Usted, detective, trate de dormir algunas horas, que se le nota demasiado el desvelo. Su bata blanca no indicaba nombre, Mendieta simplemente sonrió. En el trayecto Carlón les confió que Montiel era pretendiente de su hija, no muy decidido, porque ella era realmente indomable. Pero no creo que tenga que ver con algo más, es un niñote que siempre trata de impresionar con sus bravatas; los atacantes son gente del Palomo Díaz, también metido en el robo de gasolina, ellos traen sus rencillas y así las arreglan; Rendón es así, muy directo y a veces grosero, y sí, me llamó para avisarme del suicidio de mi hija y también para decirme que ustedes vendrían al Maviri. Veo que Larissa tenía amigos de todo tipo. No estoy muy seguro, al menos no conocí a ninguno, salvo a Sánchez, que ya dije lo que opinaba de él. Desayunaba los jueves en el Santa Anita con un grupo. Bueno, eran amigos de su marido. ¿Dónde podemos encontrar al

Cali? Vive en Topo, pero después de esto no creo que esté allí. Si sabe cómo encontrarlo o lo visita, dígale que queremos hablar con él. De acuerdo. ¿Larissa era su única hija? Tengo otras dos en Estados Unidos pero les valió madre, ni siquiera vinieron a desearme resignación. ¿Usted cree que se haya suicidado? Guardó silencio, ella estuvo con él la mañana del viernes, antes de los hechos, y le contó que era feliz, más que nunca, y que había decidido no casarse jamás, que con su ayuda criarían a Teresita hasta convertirla en una mujer de provecho. La verdad no, era muy vaga, pero de eso a quitarse la vida hay mucho trecho y, la verdad, no creo que supiera disparar y tampoco tenía corazón para matar a nadie, aunque fuera un desgraciado como Pedro. ¿Qué hacía la felicidad de su hija? La niña y el dinero, era muy centavera; según ella se preocupaba por las otras mujeres pero realmente las veía como una posibilidad financiera. Gris hizo un gesto difícil de interpretar.

Fierro se sumó a la charla fuera del hospital. Pargo, ¿cómo estás? Mejor que tú, dice Janeth que ninguno de los dos se muere de esto. Gracias a Dios; detective, la doctora que nos atendió es su hija. ¿Sí?, dale las gracias de mi parte. Pídele su teléfono, sugirió el cuerpo. ¿Viste sus ojos? Además tiene caderas perfectas, se ve que es de las que se ejercitan en el Parque Sinaloa. Tranquilo, no te alborotes. El jefe Rendón desea hablar contigo, Mauricio, quiere oír de viva voz y yo también lo que pasó en tu restaurante; mientras lo llevo a la comandancia, ustedes podrían ir al Farallón, si no traen viáticos suficientes hablaremos con el dueño para que nos haga un descuento. Pues llama de una vez. Si gustan comer en el Pez Vela, son bienvenidos. Gracias, de momento lo haremos aquí, después regresaremos al Maviri. ¿Qué tal el Santa Anita? Muy bien. También les harán un descuento. Nunca imaginé que la policía estuviera tan bien relacionada; a propósito, dile a Rendón que quiero hablar con él, sólo un par de preguntas de rutina, y ya que se pusieron a las órdenes, pide a los muchachos que investiguen con los guardias del Parque Sinaloa sobre el robo de los tenis de Pedro. ¿Seguro que le robaron los tenis, señor Fierro?, preguntó Gris. Eso me dijeron. ¿Y el celular? Nada, quizá se lo llevaron también.

El Farallón estaba casi lleno, los recibió Alfredo Tarín, el propietario. Señores, bienvenidos, ¿área de fumar? Libre de humo por favor, solicitó Gris. Jefe, no le he visto cigarros últimamente, ¿ya lo dejó? Ni lo pienses, pasa que soy hombre de un solo vicio y ahora estoy con el alcohol, pero ya que me lo recuerdas, voy a comprar cigarros porque lo estoy dejando. Pasen, tengo la mesa perfecta para ustedes, los acomodó cerca de la barra, Gris ordenó cerveza y Mendieta, *whisky*; les trajeron el menú. A las ciudades se les reconoce por su comida y por sus delincuentes, y si nos dijeron que este lugar era el indicado, debe ser. Se me antoja todo. Yo con una entrada estaré bien. Nada de eso, usted come como debe si no quiere que le llame a Ger. Pidieron camarones roca, Gris, y Mendieta, arrachera con puré de papa. Sonó el celular de Gris, lo tomó y expresó: le marco en una hora. A una mirada del Zurdo comentó: Mi mamá quiere saber cómo estoy. Mi mamá me mima; me la saludas.

¿Te has fijado que siempre hay un elemento culinario en el crimen? La verdad no. No hay malandro que sufra inapetencia, como que de nada se arrepienten esos cabrones. Pienso que la gente que hace el mal, ante un buen platillo, se comporta igual que el que hace el bien. La comida es la seductora universal. De nuevo pidieron cerveza y *whisky*. Extraño a la Cococha. Le gusta que lo regañen, ¿verdad? Es un tierno ese cabrón, siempre me recuerda a mi madre, realmente fueron buenos amigos.

Apenas regresemos a Culiacán tenemos que volver al Quijote. Bien pensado. Jefe, ¿hacia dónde vamos con lo de Pedro Sánchez? Esa teoría de que lo mató Larissa y luego se suicidó es vomitiva, ya oyó lo que dijo su padre; ¿cree que haya intereses particulares para cerrar el caso? Debemos considerarlo, por lo pronto quiero saber quién es el comandante Rendón, llama a Angelita, que nos mande lo que tengamos en archivos, ¿te contó algo la niña? Sólo que extraña a su mamá y a Pedro. Tarín les envió unos caracoles picantes de entrada, que eran una delicia. Pidamos al Pargo informes de Montiel y debemos visitar a Camacho, que nos diga por qué Pedro lo agendó cuatro veces en su última semana de vida. No olvides que debemos interrogar de nuevo a Morales. Voy a llamarle y de paso le voy a decir que vamos a hablar con su esposa. Se va a poner verde. Es un buen color. Mientras comían observaron a la clientela, en una mesa celebraban el cumpleaños de un anciano, en otra unos políticos bien ejercitados planeaban maneras de aprovechar sus puestos, en una próxima a la de ellos, un comité discutía sobre la cercana feria del libro de la ciudad. Mendieta comió la mitad de su comida, tomaron tarta de manzana con almendras de postre, la receta de la abuela, y café, una recomendación del anfitrión; estaban a punto de marcharse cuando vieron que el comandante Rendón salía de un privado rumbo al baño. Ándese paseando. Caminaba inseguro por el alcohol bebido. Gris se asomó al privado, vio a dos hombres y a tres mujeres jóvenes que reían divertidas. Mesera, traiga otra botella de Johnnie Walker Gold, ordenó uno bajo de estatura pero de fuerte presencia. En este instante, señor, expresó Gris y se retiró. Le sopló a Mendieta, que se puso de pie y siguió al funcionario.

Rendón se lavaba las manos. Hola, comandante, ¿divirtiéndose? Ah, eres tú. Qué bien luce, eh. Calla estúpido, no tolero que un policía corrupto me dirija la palabra. Claro, sólo pueden hablarle sus amigos whiskeros y esa jovencita tan hermosa que lo espera en el privado, digo, para ser usted un policía intachable no está mal. No me dirija la palabra, pinche policía cuacha, usted en Culiacán será el mesías pero aquí no vale nada. ¿Por qué cerró el caso de Larissa Carlón? Porque está muy claro, y no se meta conmigo, cabrón pendejo, o se arrepentirá. Abandonó el lugar apresuradamente. Mendieta constató que no entró al privado por cuya puerta, medio abierta, salían risas, toses, voces y aromas. Siguió de frente hasta la calle, subió a una patrulla y se largó. Órale, para eso me gustabas, pinche panzón. ¿Todo bien? Lo alcanzó Gris en la puerta. No lo sé, hay un mensaje evidente en ese policía que me da un poco de miedo. ¿Debemos sospechar de él? No, pero tendrá que aclararnos algunas cosas.

Le marcó al Pargo Fierro, que junto con Carlón esperaba al comandante en la jefatura. Le contó brevemente y cortó. Gris llamó a Agrícola Mochicahui. Una secretaria de linda voz le informó que Camacho se hallaba fuera de la oficina, que seguro lo podrían encontrar al día siguiente. ¿Puedo hacer algo más por ustedes? La vemos mañana, señorita, gracias. Los detectives quedaron inmóviles, frente a ellos circulaban con parsimonia dos camionetas de la Marina con siete efectivos visibles cada una. Ándese paseando.

15

Jefe, ¿por qué no ha querido contar cómo se escapó?

¿Por qué andas de pinche curioso, Grano, le vas a pasar el rollo a Daniela o qué?

Claro que no, cómo cree.

¿Qué acaso te ando preguntando tus ondas? Y vaya que de vez en cuando debería hacerlo; por ejemplo, ¿cómo le hiciste para suicidar a esa vieja que te estabas cogiendo? Porque una cosa es embarazar y otra suicidar, no digas que no.

El Minero, que estaba cerca de ellos, sonrió levemente.

Por favor, jefe, no me lo tome a mal, lo que pasa es que fugarse de Barranca Plana es otra cosa, se necesita mucha sangre fría.

¿Y crees que no la tengo, cabrón? Y también se necesitan huevos, por si no lo sabías; sangre fría en los huevos.

A usted le sobran, y también tiene la bendición de Dios; me refiero a los involucrados.

Ah, esos quizá no tengan sangre fría, pero abundan en necesidades; simplemente les ayudamos a cubrir algunas, gracias a nosotros la policía mexicana es menos pobre, aunque algunos se vuelven millonarios.

Lo dice con una sencillez, como para no creerlo.

El hecho de que lo diga así no quiere decir que lo haya sido, pinche Grano; fue lento, a veces desesperante, y tardamos un chingo en crear las condiciones.

¿Será verdad que detuvieron a su asesor?

No sería la primera vez, esperemos que aguante vara.

Que aguante las ofertas y los madrazos.

Sonó uno de los celulares. Laveaga lo tomó sin ver.

Debe ser Platino. Bueno.

Al escuchar, su cara se suavizó, se puso de pie e hizo señas de que le bajaran al estéreo.

Estoy muy bien, Titanio, gracias, qué detalle, qué honor. Qué honor ni qué la chingada, Perro Laveaga, todo mundo está preocupado por ti y tú en el rol en Los Mochis, a la vista de los marinos, ¿no piensas ponerte a resguardo?, ¿quieres exponer más al grupo de lo que está? Claro que no. Pues ponte las pinches pilas, es demasiado lo que nos cuesta cualquier arreglo con los de arriba para que lo eches a perder. Necesito tres días aquí, luego me moveré para el Triángulo Dorado, no se preocupe. ¿Tres días?, ¿para qué, para seguir en la peda y con tus viejas?, me gustaría que salieras ahora mismo de allí, que aprovecharas la noche. Es jueves, el domingo pelo gallo, se lo prometo. Dame tu palabra de hombre. Palabra de hombre, jefa, y dele mis saludos a Max, que ya tengo mis días sin verlo. Se los daré, y mantente alerta, al que te ayudó con el túnel en Barranca Plana lo detuvieron ayer y lo soltaron muy rápido, eso no presagia nada bueno, ponte trucha y deja de dar lata como si fueras un pinche plebe cagón. Lo haré, Titanio, se lo juro por lo que más quiero. Cortó.

Laveaga se quedó mirando el celular, ¿qué era lo que más quería?, ¿a quién? Sin duda a su madre. Pensó en Titanio, ni siquiera le dio tiempo de preguntar cómo iba su caso o por los colombianos detenidos; tenía que salir de ahí con urgencia, bien sabía que con la capiza del cártel del Pacífico no se jugaba, se volvió a su lugarteniente.

Grano Biz, esto está más caliente de lo que pensé, no puedo quedarme ni un día más, así que llegó la hora de que me largue; pero antes, haré una llamada y nos acabaremos el *whisky*.

¿Era Titanio?

Nuestra jefa mayor, a la que no se le puede decir que no.

Jefe, sólo queda una botella y apenas son las once de la noche; ya casi es viernes.

Pues que traigan una caja y también a la morra de ayer, que me quiero despedir como Dios manda.

¡Ése es mi jefe!

Le subió al estéreo para que se oyera recio "Jefe de jefes" con Los Tigres del Norte. El Minero preguntó:

¿Dejo lo de los marinos como está?

Claro que no, mañana intenta hacer contacto con el jefe de plaza y también con el poli al que le gustan los carros.

Muy bien, aunque en este momento será mejor que vayas por las viejas de anoche, que te acompañe Valente; ustedes dos, vigilen arriba.

Dos muchachos subieron y Valente bajó. El Minero le hizo señas de que lo siguiera.

Ese par de cabrones parecen hermanos, comentó el Perro cuando salieron.

Pero no lo son, Valente es más frío, quizá más plantado, y es de Choix; el Minero es de San Ignacio.

Pues se parecen, aunque el Minero se ve menos misterioso que Valente; lo que sí, veo que confías en ellos.

Como en mí mismo, de hecho les encargo los asuntos más delicados.

Por el bulevar varios carros pasaban tocando el claxon.

¿Sabe una cosa, jefe?, el Minero nunca me ha fallado, pero siempre lo mando con Valente, como que es su contrapeso, por eso me sorprendió su amistad con el poli.

Pues quiero a los dos conmigo en el viaje a la sierra, y no té preocupes por eso, fue antes de que llegaras; y si no me puedo tomar tres días, al menos me tomaré uno con ustedes, mis amigos.

Ya dijo.

16

A las siete de la noche se reunieron con Robles y Mendívil en el lobby del hotel. El primero informó que nadie sabía nada de los tenis; Gilberto, uno de los guardias del parque, señaló que quizá su compañero Rafael se los había robado, si querían que confesara aconsejaba darle una buena paliza; sin embargo el otro lo negó, se gritaron sus verdades y terminaron liados a puñetazos. ¿Conocen a la gringa Fairbanks? Yo no. ¿Y tú? Los policías se miraron. Tam-tampoco.

Los detectives reconocieron que el asesino de Pedro Sánchez se les escabullía, había actuado tan bien que la presunta huella que había dejado, el cadáver de Larissa Carlón, parecía absorber toda su atención y, a pesar de su esfuerzo, les costaba admitir que ella fuera al parque, donde nadie la vio, y lo asesinara de tres tiros con dos pistolas, para luego regresar a su casa y dispararse en un ojo. La prueba que tenían eran los casquillos, que podrían ser de la misma arma, además, de acuerdo con Ortega, de esa pistola invitada, y los momentos aproximados en que habían fallecido. Por otra parte, por más que se esforzaban por aceptar que lo de Larissa era suicidio, más les parecía otra cosa, y la cuestión: ¿por qué cerraron el caso tan deprisa? Continuaba moviéndoles el tapete. En el restaurante del hotel bebieron cerveza y *whisky* y cenaron ligero. A unos metros dos hermosas mujeres hacían lo mismo y conversaban de lo bien que estaba funcionando la obra de Ben Brown, *Tres días en mayo*; una de ellas, esa tarde, colocó trescientos boletos en la Asociación de Agricultores del Río Fuerte Sur y estaba feliz.

A Gris le entró una llamada y tuvo que abandonar el lugar. Cinco minutos después regresó, dijo que trataron de convencerla de obtener una tarjeta de crédito que no necesitaba y que si no tenía inconveniente se retiraría a descansar, además de que quería llamar al Rodo. ¿Tienen perro? De momento no porque no sabemos cómo cuidarlo, ya ve que ambos estamos fuera de casa todo el día, pero nos encantaría tener uno. A mí también, vamos a ver qué dice Ger, lo que sí, en cuanto regrese voy a comprar una maceta, aunque la ponga en la cochera. Excelente idea, jefe, ¿qué va a plantar en ella? Aún no sé, quizá una mata de mariguana al lado de una de amapola. Ay, jefe, usted no pierde el sentido del humor. O de toloache. Mañana me cuenta; oiga, si se echa sus tragos, trate de no pasarse, ya ve que el caso no tiene ni pies ni cabeza. Llama a Mendívil, dile que queremos hablar con él a solas, eso de que tampoco conoce a la gringa más parecía una afirmación.

En su habitación, Mendieta le marcó a Briseño. ¿Cómo vas? Somos la envidia de Scotland Yard. Al grano, estoy asando unos espárragos y son muy delicados. ¿Sabe por qué hay tantos marinos en Los Mochis? Según dicen, creen que el Perro Laveaga anda por ahí. No creo que se exponga tanto. Yo tampoco pero eso dicen, ahora dime, ¿cómo va lo del hijo de Abel? Está más enredado que un estambre en las patas de un gato. Es lo que te gusta, ¿no?, que sea difícil, un caso único. Pues sí, pero no tanto. Mándame un informe en cuanto tengas algo, y no olvides que me urge que vuelvan, Villa Juárez es un maldito polvorín, y deja de andar de borracho perdido. Cortó. Qué tierno para despedirse, ¿no?, y díganme, ¿qué le pasa a todo mundo?, ¿por qué quieren que deje de tomar?, ¿traen bronca con esa cultura ancestral o qué? Terminó la botella de *whisky* y experimentó un ligero remordimiento. Chale, voy a regular este vicio del demonio a como dé lugar, aunque nadie lo crea soy un buen poli y no puedo estar siempre bajo los efectos del alcohol, no quiero llegar a los límites de Dios porque entonces sí me chingué. Hasta que hablaste con propiedad, marrano asqueroso, valoró el cuerpo. En este momento necesito un trago pero no voy a bajar al bar, que hace rato estaba lleno; el *whisky* es riquísimo pero me pierde, viene el diablo, me jala las patas y me mete en un pinche remolino del que me cuesta un chingo salir. Ya es hora de que vivas como una persona juiciosa, Zurdo Mendieta, un alcohólico es un individuo que es la mitad de lo que podría ser. ¿Esa estadística es de los veganos o de los vegetarianos?, porque de los abstemios no es, esos cabrones tienen pesadillas donde bailan con un *whisky on the rocks* y caen redondos; pero no te preocupes, entiendo, sin embargo reconozco que me falta un trago para dormir como Dios manda, pero no te acongojes, no voy a bajar, ya lo dije y lo sostengo, me sobran huevos para resistir esta carencia, si caigo me haces vomitar peor que ayer. Ya valimos madre, pinche Zurdo, ese salivero sólo indica que no tienes voluntad, hablaste como un pobre pendejo. Además el bar está muy oscuro y huele a lazo de cochino. Te cae de a madre si flaqueas.

La noche anterior logró dormir un par de horas, lo demás fue ver por la ventana un paisaje urbano de muñecas decapitadas y de una joven de blanco que bajaba del cerro de la Memoria y retornaba un tanto desengañada porque nadie le ponía atención; se acordó del doctor Parra, ¿debía consultarlo para controlar este vicio? Pinche viejo loco, traga más alcohol que yo. Sólo si persistía la malilla que cada tanto lo conducía a sensaciones inéditas lo buscaría; ¿qué onda con Susana?, ¿está realmente clavada o soy el tren de media noche a Georgia? En cuanto salga de este embrollo la voy a llamar, ¿por qué no la llamo ahora y aclaramos de una vez? Porque eres pendejo, empezó a transpirar, sentía una vibración en las sienes y la boca seca, sabía lo que convenía hacer pero esperó, sintonizó el canal de videos, pasaban uno de los Gipsy Kings pero lo apagó; un minuto después se dio por vencido. Voy por un *whisky*. Pero dijiste que no bajarías al bar, no seas caguengue. También puedo hacer que me lo suban. No tienes palabra, pinche Zurdo, vales madre. Lo mismo dicen de la tecnología, que falla cuando nadie se lo espera, ¿y ya ves? Nadie la desdeña. Vales madre. Sólo uno, cuerpo, te lo prometo. Las promesas de la gente pendeja son mentiras, así que puedes ir derechito a chingar a tu madre.

Se hallaba vestido, por lo que no tardó en entrar en el Paradise; un trío cantaba canciones románticas y el local lucía abarrotado, en su mayoría mujeres. Fue directo a la barra y pidió un Macallan doble, derecho. En el breve lapso que el barman hacía su trabajo escuchó una suave voz. ¿Cómo está el herido? La doctora Janeth Fierro estaba a su izquierda. Muy grave, se me infectó la herida y la voy a tener que llevar presa por atentar contra la vida de un oficial de policía. No me asuste, detective, si me lleva a la cárcel todos los presos se pondrán enfermos, sonreía, sus ojos expresivos invitaban a conversar. Órale, pinche Zurdo, no te arrugues, recuerda que sólo hay dos clases de mujeres, las que cogen y las que van a coger. Por favor mantente en paz, sólo vine por un trago. Es un gusto encontrarte, la tuteó. Sin bata eres otra cosa, y me siento bien, ¿gustas algo?, con todas esas botellas en el estante deben hacer cocteles de muerte natural. ¿Por qué no un *whisky*, como tú? Claro, disculpa. Vas bien, pinche Zurdo, hasta pareces gente decente. Estoy con unas amigas, te invitamos a nuestra mesa. Será un placer. En fin que no estás en horas de trabajo, como el señor de esta tarde. Ah, ¿tan pronto lo supiste? Aquí algunas noticias corren veloces y no olvides que mi padre es policía, Larissa era nuestra amiga y de vez en cuando caía por aquí. ¿Cómo era? Un misil, muy salida, se involucraba con casi todos los que se le acercaban. ¿Le gustaba vivir en riesgo? Decía que lo disfrutaba al máximo pero no contaba más. ¿Siempre fue así? La conocí en la prepa y era igual, nos quitaba a los novios, se metía con los hermanos de las que los tenían, aunque sólo fuera por un día o dos; primero muerta que apocada, era su lema. ¿Cómo era su relación con Pedro? Él la adoraba pero ella lo humillaba en público, el pobre se hacía pato, cómo que no la veía y nunca se quejó, al menos delante de nosotras. Sabemos que andaba con un hombre poderoso. ¿Quién es? Nunca la vi con nadie; acompáñame, vamos con mis amigas.

Eran tres que mantenían su sonrisa fresca. Bebían cerveza. Chicas, Edgar Mendieta, el detective que está a cargo de la investigación del caso de Larissa y Pedro, éstas son María Elena, Lupita y Claudia. Encantado. ¿Qué es lo que investiga? En *El Debate* salió que ella asesinó a Pedro y luego se pegó un balazo. Bueno, me dicen que era muy hábil con las armas, queremos saber dónde aprendió. ¿Larissa?, primera noticia, expresó Claudia. Fue mi alumna en Derecho y si la memoria no me falla más bien les tenía pavor, me lo comentó cuando le dejé leer *Adiós a las armas*, de Ernest Hemingway. Pero era muy temeraria, quizás el gringo le enseñó, ya ves que allá en todas las casas hay pistolas y metralletas, intervino María Elena. Yo más bien pienso que vivía en el desconcierto, y claro que podría tener una pistola en su casa, añadió Lupita. Pinches viejas, la tenían bien fiscalizada, pensó el Zurdo reconociendo el pundonor de esas mujeres que eran capaces de reunirse en un bar y que no habían olvidado a su amiga. ¿Por qué se suicida la gente en Los Mochis? ¿De dónde saca eso?, aquí amamos la vida. Háblenle de tú, propuso Janeth. Es un culichi alivianado. Mochis es el paraíso y nadie tiene razones para suicidarse. ¿Conoces el Parque Sinaloa? Allí encontraron el cadáver de Pedro Sánchez. Pues es una belleza. Era buen muchacho. Te gustaba, no digas que no. Era muy joven para mí y él sólo tenía ojos para Larissa. Ei, ¿qué pláticas son esas, chicas? Qué tiene, ya está muerto. Dejemos que los difuntos descansen en paz, propuso Lupita. Salud. Un mesero repuso los tragos sin preguntar. Mendieta sintió una punzada de angustia pero la resistió como los meros machos, el cuerpo exigió que si no tenía remedio, al menos se llevara a una de las mujeres a la cama. Eran simpáticas y Janeth lo estaba atrapando con sus miradas de gata adormilada, su cabellera dorada y la complicidad del cuerpo que en cuanto podía señalaba cualquiera de sus encantos sin amonestarlo por la ingesta de alcohol. Zurdo, ya decidí, quiero esta nalguita esta noche con nosotros. Por favor, no empieces, deja ese maldito machismo para siempre. Empezar es la primera caricia y aún no hacemos nada. No tienes remedio.

Lupita se marchó media hora después, su esposo, un gordo de bigote que sólo bebía café con Stevia le hizo señas desde la entrada. La segunda fue María Elena que esperaba una llamada del marido que se había quedado en Australia, donde residían. A las once, Claudia encendió su celular y tenía varias llamadas de sus hijas que la requerían en casa de inmediato. Janeth firmó la cuenta ante las protestas del Zurdo que quería gastar el sobre con que lo había recibido Briseño. Mochis invita, detective, y no digas que no. Pero, ¿cómo regreso ese gesto tan amistoso? ¿Qué se te ocurre? Vamos, Zurdo, te ha dado la oportunidad de decidir, dile ahora, wacha esa sonrisa de deseo, esos labios, esa mirada dilatada, no vayas a salir con tu pinche domingo siete porque hago que vomites toda la puta noche como un enfermo terminal. Se observaron exactamente el tiempo en que Usain Bolt recorre ciento un metros. La vista de mi habitación es maravillosa, expresó el detective atragantándose. Si abrimos la ventana puedes tocar la fachada del Teatro Ingenio o acariciar las alas de una mariposa cuatro espejos. La doctora sonrió. Me fascinará esa experiencia, detective.

Entraron. Luz tenue. Ojos que ven corazón que siente. Es increíble la velocidad con la que los besos consiguen que la ropa estorbe. Janeth, cuerpo delgado, firme y cálido. Mendieta, lamiendo, chupando, mordiendo suave, contribuyendo a definir los tiempos de Proust, Ferrus y Aldous Huxley.

17

El Minero se apersonó en las escaleras, vestía como siempre, camisa azul cielo y pantalón azul rey.

Jefe, el Ostión dejó su camioneta al otro lado del bulevar y viene hacia acá.

El joven que vigilaba por la ventana confirmó la notificación.

¿Se enteró de lo que te encargué ayer?

No creo, la vía que utilicé no es de las que él controla.

¿Qué vía es esa?

Una recamarera del hotel donde se hospeda el comandante de los marinos.

Órale.

El Grano miró a su jefe.

¿Lo dejamos entrar?

¿Qué tanto sabe este cabrón de que estoy aquí?

Según yo, nada, ni él ni nadie.

Pinche Grano, qué se me hace que estás valiendo madre, ¿qué no es esta una casa de seguridad?

Pues sí, el bato es gente de Platino, debe conocer algunos domicilios y saber algunas cosas; deje ver qué quiere, suba con el Minero al segundo piso, lleve su *whisky* y los celulares, que no se note que está aquí.

Que sea la última vez que pasa esto, pinche Grano.

Laveaga siguió al sicario justo cuando tocaban la puerta. Iba refunfuñando, ¿por qué se presentaba ese cabrón justo ahora que ya se iba? Tenía que llamar a Daniela, ¿por qué no? De pronto le habían venido las ansias de verla, de pedirle perdón, de tocarla toditita.

Abrieron.

Buenas tardes, amigos, ¿cómo están?

Uno ochenta de estatura, cien kilos de peso, boca torcida. No llevaba uniforme pero sí su pistola en el cinturón. Ojos negros brillantes.

Bien, pero qué le hace, y muy atentos a lo que informaste al jefe.

Creí que estaba con ustedes.

Pues ya ves que no, el otro día apenas nos vimos un momento.

El policía fijó la vista unos instantes en las escaleras, sonrió y se volvió al Grano.

Si no es mucha molestia, quiero tratar dos asuntos contigo.

Tú dirás, ¿sabe Platino que viniste?

Son asuntos locales y no lo quise molestar; ¿qué hacen esos cuernos ahí?

Señaló las armas que descansaban sobre la pared.

Los estamos rifando, ¿quieres un número?

Medias sonrisas de todos los hombres, incluido el recién llegado.

Pensé que era por el jefe.

Pues ya ves que no, ¿es eso lo que quieres tratar?

Policía y narco se escudriñaron brevemente. Ambos sabían sus historias y conocían sus límites.

No precisamente, pero es algo que te concierne.

Tú dirás.

Ayer hubo una balacera en el Maviri, mataron a los guardaespaldas del Cali Montiel pero él quedó ileso.

No hay pendejo sin suerte.

¿Quieres que hagamos algo?

Nada, déjalo tal cual, ¿y el otro asunto?

Algo tenía el Ostión que el Grano lo quería lo más lejos posible.

Andan unos polis de Culiacán investigando el asesinato del Parque Sinaloa.

El Grano respiró hondo.

Y a mí qué.

Bueno, pensé que podría interesarte y quise comunicártelo personalmente; por cierto que estaban presentes en la balacera del Maviri.

Ostión, si es todo lo que quieres que sepa, muchas gracias y puedes salir por donde entraste.

El Ostión miró de nuevo la escalera, movió la cabeza fastidiado y se encaminó a la puerta, pero antes de salir se volvió.

Sé que frecuentemente recibes armas de Estados Unidos, no destruyas éstas, cuando no las quieras me llamas y vengo por ellas.

Traspuso la puerta antes de recibir una respuesta. Durante un minuto privó el silencio, hasta que se escucharon las botas del jefe bajando la escalera. Mostraba su vaso vacío.

Súbele a esa madre, Grano Biz, que esto parece velorio, y echa algo aquí que la sed es como una enfermedad.

Detrás de él venía el Minero. Le sirvieron rápidamente. El Grano hizo una seña al sicario para que se acercara.

¿Oíste al Ostión?

Lo oí.

Hay miradas que matan pero ésta era sentencia de muerte.

18

Terminaron de desayunar. Toledo compartió el final de la grabación con Rosario: "Un señor formal llegaba en una camioneta negra, se quedaba allí, en la calle, hasta que Larissa salía y lo seguía en su Malibú verde. ¿Por qué dices que era formal? Se bajó un par de veces, se miraba pulcro y vestía bien. ¿Cada qué tanto tiempo lo veías? Cada cuatro o cinco días, pero desde hace unos dos meses Larissa no salió más, ya no le ponía cola y dejé de verlo hace más o menos dos semanas, ¿le digo algo?, Larissa era muy buena persona pero la visitaban demasiados hombres. ¿Desde cuándo viste a este señor? No estoy segura, quizá seis meses, quizá más. ¿Alguna vez entró a casa de Larissa? Nunca vi que lo hiciera. ¿A qué hora venía Pedro? Por la tarde, siempre llegaban juntos. ¿Todos los días? No, a veces no lo veía durante una semana". El Zurdo, que acusaba los efectos de la desvelada, expresó. No me gusta nada lo que oigo, pudiera ser cualquiera. Cualquiera que le gusten las camionetas negras y las mujeres sexis. Vaya combinación, ¿piensas en un narco? ¿Por qué no? Sus amigos nos dijeron que era muy liberal. Mendieta recordó que las amigas de Janeth opinaban lo mismo, y con Morales tenía tres años. Pineda está muy lejos, articuló, y le vino a la mente la llamada de Samantha, que además de la felicitación debía significar algo, ¿qué cosa? Ni idea. El comandante Pineda está lejos pero los narcos no, además con tantos marinos es difícil suponer que no estén aquí, no entiendo al comandante Rendón, apostilló Gris. Sonó el Séptimo de caballería del celular del Zurdo.

Mendieta. Ya sé que eres tú, pinche Zurdo, ¿ya te cogiste a alguna mochiteca? Cómo crees, son chicas decentes, Gris está aquí. Ah, oye, ahí te va el resto: las huellas que recogimos del parque son de Jack, pero en las fotos del piso encontramos unas garigoleadas de tenis y dos de botas vaqueras, probablemente del número ocho, ambas llegando al pozo y alejándose de él, una al lado de la otra, los tenis sólo caminaron rumbo al pozo; salvo las que están junto al brocal, el resto no es lo suficientemente legible, pero aquí somos magos, papá, ya sabes; por la profundidad de las pisadas, se trata de personas de alrededor de uno setenta de estatura y delgadas, quizá sean varones. Qué bien, además no imagino que a ese pozo se acerque mucha gente. Así es, afortunadamente para nosotros; en cuanto al celular de Larissa, Stevesacks dice que tiene muchas cosas encriptadas, así que tienes que esperar. ¿Y el calzón? Conseguimos aislar la huella, y qué bueno porque los técnicos se iban bien motivados a sus casas, ahora estamos buscando en el archivo. Pudieran ser narcos los agresores. Justamente estamos verificando primero ese apartado. Eres un ángel, pinche Ortega. Me debes unas cervezas, no te hagas pendejo. ¿Cómo está Montaño? Igual de jodido, por cierto lo acabo de ver en tu oficina. Se despidieron.

Dice Ortega que Montaño no avanza. Dele tiempo, jefe, ya verá cómo se repone, no olvide que le sobran las chicas. Pues sí, pero ahora le llegaron al corazón. Todos encontramos un día a alguien que nos pone quietos, a poco no. El Zurdo sabía que no le faltaba razón. No tarda en llegar Morales, lo esperaré en el estacionamiento como te solicité, ¿llamaste a Mendívil? Nos va a buscar. ¿Le dijiste a Morales que ibas a platicar con su esposa? Me suplicó que no lo hiciera pero no le prometí nada. ¿Gusta más café? La mesera guapa se hizo presente por tercera vez. Gracias, no, por favor dile a Ramón que nos traiga la cuenta. Se acercó Miguel Castro. Buenos días, ¿desayunando? Se veía desconcertado, bastante triste. Si vas a cambiar el mundo no te vayas sin desayunar, comentó el Zurdo. ¿Qué tal? Señor Castro, ¿se le hizo temprano? Sonrió Gris. Con el grupo refugio sólo nos reunimos los jueves, los viernes desayuno con otras personas. Silencio de biblioteca. Acaba de ocurrir una desgracia, los polis se pusieron atentos, aguardaron a que el hombre continuara. Armando Morales se suicidó. Ándese paseando. No me diga, los detectives soltaron sus cuerpos. Werther, Marilyn Monroe y Jaime Torres Bodet ocuparon una mesa cercana. Sonreían. Esta mañana su esposa lo encontró en el jardín colgado de un yucateco. Pasó medio minuto en que no acertaban qué decir. ¿De qué color es su camioneta? Nunca tuvo una, no le gustaban, usaba un BMW blanco.

¿Qué hacen dos policías cuando pierden a un sospechoso? Aprenden una de las treintaidós maneras de ver un terremoto.

Suena el celular de Gris. Responde pero no escucha. Jefe, ¿por qué su celular funciona y el mío no? Comenta mientras se pone de pie. Bueno, éste es mágico. Ella vuelve de inmediato. Es para usted, Orozco. Mendieta se retira a la entrada del hotel. Buenos días, ¿qué me tienes? No me gusta lo que estoy encontrando en el sobre. ¿Quién es? Antes de continuar, quiero las fotos y garantías de que nada me pasará. De acuerdo, ¿dónde estás? No me moveré de mi casa hasta que usted me traiga las fotos. Le dio la dirección. Muy bien, ahí te buscaremos. También quiero mi cambio a Culiacán o a Mazatlán o al quinto infierno, pero lejos de aquí, ¿entiende? Susurraba.

Tranquilo, te pondremos donde estés más seguro. Pero que sea rápido. Cortó. Mierda, Orozco tiene la información pero no la quiso soltar, se trata de alguien a quien teme. ¿Qué hacemos? Quiere las fotos. Que el señor Fierro nos pase unas copias. ¿Quién puede intimidarlo tanto?

Gris quedó pensativa, se acordó del Rodo y pensó que pronto lo vería. Se acercaban al asesino, ¿de Pedro, de Larissa? Jefe, ¿de qué caso le habló Orozco? Analizó el sobre, no mencionó las botellas, márcale a Fierro y pídele que nos preste las fotos. La detective abandonó el restaurante para llamar, el Zurdo marcó a su oficina. Angelita, ¿cómo estás? Bien, jefe, gracias por preguntar, tengo frente a mí al doctor Montaño, que no se decide a pedir vacaciones. Pásamelo; qué onda, doc, te hacía en Mazatlán planchando tranquilamente con tu morra. No estoy seguro de tomarme unos días, Zurdo, quizás estar ocioso resulte peor. Estás loco, pinche doc, ¿no sabes que lo mejor de trabajar son las vacaciones?, ¿no has visto la cantidad de puentes que hacemos los mexicanos? Pues sí, pero no es mi caso. Cabrón, escúchame, la mitad de los amores del mundo son imposibles, lee un poema de Gilberto Owen, "Bozz canta su amor", que empieza: *Me he querido mentir que no te amo*, dilo en voz alta tres veces al día durante un mes y santo remedio. ¿Tan fácil? Más bien tan difícil. Montaño sonrió. Si no te molesta prefiero quedarme en Culiacán. ¿Seguro? Estaré bien. Si me dices quién te puso así, le puedo marcar y decirle que no se pase, que no sea cruel. Lo pensaré. No lo pienses mucho, hay unas mazatlecas guapísimas, seguramente más jaladoras que la tuya. Gracias, amigo, prometo que lo pensaré. Colgó. El Zurdo movió la cabeza de un lado a otro, Toledo tomó asiento. Este Montaño es un desastre, se ha pasado la vida lleno de mujeres, ahora llegó una que le puso las peras a veinticinco y ahí anda valiendo madre, ¿cómo la ves? A lo mejor se enamoró de la mujer equivocada, a veces pasa. Trajeron la cuenta. ¿Cómo se sabe que es equivocada? Quizás esté comprometida, o simplemente no le atrae el doctor, ¿por qué habría de gustarle a todas? Es guapo pero algunas mujeres no se fijan en eso y menos si son unos donjuanes redomados como él; tal vez no quiso jalar y lo sintió. Pues le pegó con tubo, tengo la impresión de que se cree un tipo despreciable. Al final es una que no lo aceptó frente a cientos que fueron sus amantes, no debería afectarlo tanto, ¿qué le parece si vamos a buscar a Camacho? Fierro no me respondió. Me preocupa Montaño, pero bueno, ya encontraré la manera de echarle una mano con esa ingrata que lo atrapó tan gachamente, debe ser una belleza, Toledo sonrió levemente. El tecladista atacaba "Cómo fue", ese bolero que a Mendieta le traía recuerdos como para empezar a pistear de inmediato.

En el estacionamiento del hotel, dentro del Jetta, el Zurdo puso a Dusty Springfield, "You Don't Have to Say You Love Me", a bajo volumen. Bueno, definitivamente la teoría de que Larissa se suicidó no se sostiene y la de que ella eliminó al Peri se tambalea, Orozco tiene un dato que compromete a alguien que conoce, que es peligroso, por eso tiene tanto miedo. Lo sabremos cuando le entreguemos las fotos y nos lo diga. Exacto, entonces, ¿quién mató a Larissa y por qué?, ¿quiénes se encargaron de Pedro Sánchez? Tenemos un par de botas entrando y saliendo del pozo del Parque Sinaloa. Jefe, no es el estilo de los narcos, esos siempre disparan de más. Quizás estén evolucionando. No creo, es más probable que la gente evolucione hacia ellos, ¿no se ha fijado? Ahora todo mundo usa botas. Y son violentos y no respetan las leyes, ¿qué te parece si después de Mochicahui volvemos al Maviri?, vemos qué más sabe Mauricio Carlón y buscamos a Calixto Montiel, que también usa botas. Buena idea; si el nombre que Orozco no nos quiso dar es el de Camacho estaremos adelantando. ¿Por qué se suicidó Morales? Tendremos que hablar con la esposa.

El Pargo Fierro marcó, dijo que después se comunicaba. Ahora estamos reunidos por el tema de los marinos. Órale.

Las instalaciones de Camacho eran imponentes. Dos enormes naves para almacenar productos agrícolas donde una veintena de trabajadores llenaban tres tráilers de legumbres debidamente empacadas, mientras trocas de dos toneladas llegaban con cajas de tomates, berenjenas y pepinos preparados para refrigerar. Las oficinas eran reducidas, con algunas fotos de campos sembrados en las paredes. La secretaria, que también era guapa y vestía sexi, los recibió cordialmente. Le explicaron el motivo de su visita, entró a un privado y volvió con su misma sonrisa. El señor Camacho los recibirá en un momento; les ofreció café pero ellos declinaron la invitación.

Oficina austera. Camacho era blanco, delgado, de baja estatura. Cada minuto que les doy vale un dólar, les aclaró. Así que al grano.

En la agenda de Pedro Sánchez, asesinado en el Parque Sinaloa el viernes pasado, consta que esa semana lo buscó cuatro veces, ¿por qué tantas, si su tiempo vale un dólar por minuto?

Ese Sánchez era un alhuate en el culo, un cabrón más enfadoso que su puta madre; vino a cobrarme y no me dio la gana pagarle.

¿Por qué?

Porque a ese banco no pienso devolverle un peso de lo que me prestó, son unos trinqueteros, unos desgraciados, unos bandidos, apenas amenazan con que subirá el dólar ellos incrementan la deuda, por mí que vayan mucho a chingar a su madre junto con el difunto; señorita, su cara me parece conocida.

No he tenido el gusto de que nos presentaran antes, señor Camacho, sin embargo, lo recuerdo como un hombre muy alegre; continuando con las preguntas del detective Mendieta, ¿dónde estaba el viernes pasado de ocho a once de la noche?

En un lugar santo, con la esposa del gerente del banco al que no le voy a pagar.

Camacho sonrió poderoso, mostró una dentadura perfecta. Los detectives se pusieron ceñudos.

Puedo darles su celular, si le quieren llamar.

Gris se puso de pie, echaba chispas.

Qué patán.

Mendieta la imitó, despacio, el hombre sonreía, había conseguido sacar de quicio a la detective y lo gozaba.

Una última pregunta, señor Camacho, ¿usted se tira pedos?

El hombre dejó de sonreír.

Será mejor que se larguen por donde vinieron, par de subnormales, no toleraré sus impertinencias.

Además de pedorro es delicado, ¿eh?

Se puso de pie y les abrió la puerta con determinación.

A chingar a sus madres, pinches polis comemierda; y tú, grábate esto: a mí ningún pendejo me ofende y vive para contarlo.

Su cara era un ladrillo cayendo sobre una cabeza de cincuenta y dos años.

Pues a mí sí, soy su víctima favorita.

Odio a los depredadores de mujeres, confesó Gris mientras se dirigían al Jetta.

Era la una de la tarde cuando tomaron la carretera al Maviri. Iban tranquilos, admirados por la grandiosa alameda que sombrea el lado derecho del camino, escuchando a The Cranberries: "Zombie"; Gris Toledo, que prefería el pop en español, después de escucharla tanto, le estaba tomando gusto a la música de su jefe, a quien ya le había comprado su botella de *whisky*. El Zurdo pensaba en Janeth, en el increíble encuentro que habían tenido, ¿era su tipo?, ¿le gustaban las mujeres de nalgas redondas y tetas pequeñas? Pues sí. Como una invocación entró una llamada de Los Ángeles, Mendieta decidió contestar de inmediato. Buenas tardes. Gracias a Dios que contestas, Edgar, ¿cómo estás? Muy bien, ¿y tú? Preocupada por ti, Ger me tiene al tanto de cómo estás bebiendo y de tu desinterés por todo. Estoy bien, de veras, incluso ya estoy de nuevo en el ajo. Lo sé, te recuerdo que tienes pendiente hablar conmigo de lo que te propuse. No me olvido, ¿y Jason? Ratatatat, en ese preciso momento los interrumpió una balacera infernal. Muy bien, en la escuela. Ratatatat. Pum pum. Luego hablamos, se están matando unos tipos frente a nosotros. Cuídate. Justo en el entronque al aeropuerto se desató el tiroteo entre dos camionetas que se encontraron. Ratatatatat. Los detectives, a veinte metros de la refriega, se vieron sorprendidos; si es posible expresar el odio por la cantidad de disparos de AK-47 aquellos enemigos se odiaban en serio. Con su Walther en la mano, Mendieta detuvo el Jetta. Gris Toledo sacó su Beretta y se bajaron. La camioneta que venía de Topolobampo salió de la carretera dando tumbos hasta quedar quieta en la cuneta. La que llevaba el mismo sentido que ellos continuó. ¿Debían buscar a la víctima o al victimario? Es cuando quisiera parecerme a Dios, pensó el Zurdo.

Fueron a la cuneta. Era la Apalache de Calixto Montiel y él se hallaba cocido a balazos en el asiento del chofer, sobre el volante. Sangraba. Viajaba con un acompañante que también resultó muerto. La camioneta agresora apenas se distinguía en la carretera recta rumbo a Topolobampo. ¿Había sido el Palomo Díaz? Al parecer era el dueño de la plaza. Marcó al Pargo Fierro, lo puso al tanto y esperaron hasta que apareció con Robles, Mendívil y los técnicos, sin Orozco. Los paramédicos, sin el doctor Grijalva que era su jefe, llegaron con ellos. Les contaron. Mendívil tomó algunas fotos, Gris lo abordó. Quizá pueda comen-comentarles algo, pero hasta la noche. ¿Qué hacían acá? Vamos al Maviri a buscar a Mauricio Carlón. Le dicen lo de Montiel, era su sobrino segundo. Al regreso te buscamos, tenemos nuevas apreciaciones y quizá nos puedas ayudar más, pediré al comandante Briseño que te solicite. Buena idea. Orozco quiere ver las fotos, ¿nos podrías dar unas copias? Por supuesto, se las paso esta tarde. ¿Les notificaron la muerte de Armando Morales? La familia no porque fue suicidio y no hay delito que perseguir; lo sé porque me lo comentó mi hija. Entiendo que no se investiga. Algo así.

El Pez Vela se hallaba casi lleno y Carlón atendía a la clientela. Su nieta comía sola y Gris fue a hacerle compañía.

Mauricio, nuestros técnicos informan que tu hija no se suicidó y tampoco hay indicios de que matara a Pedro Sánchez, así que cualquier cosa que recuerdes nos puede ayudar. Realmente no me he guardado nada, detective, mi hija era como era y ya está juzgada de Dios. Quizá tuvo un amigo nuevo. Nunca me contaba de sus amigos, ya les dije, se lo tenía prohibido. Algún narco. Espero que no haya tenido ese tropiezo, al parecer a ellos les gustan las jóvenes y Larissa no lo era. A unos metros Gris y Teresita reían. Nos tocó una balacera en el camino, Calixto Montiel murió, lo mismo que un muchacho que lo acompañaba. El hombre lo miró, se quedó quieto. Pobre de su madre, ¿vieron quién fue? Una camioneta, quizá una Cheyenne. Entonces no fue el Palomo, es un ladrón muy austero, usa armas de última generación pero autos viejos, como el de ayer. Bueno, de veras, cualquier cosa que recuerdes: un nombre, un lugar, una frase, nos puede servir, porque aquí hay una verdad: Larissa no se suicidó y tampoco mató a Pedro, y

Rendón tendrá que explicar por qué cerró el caso. Supe lo de ayer, luego se portó muy altanero conmigo, así que si tiene culpa, que pague. Bueno, te dejo mi número y el de mi compañera. ¿Por qué no comen? Es temprano. Sigues sudando mucho, detective. Intento dejar de beber pero el cuerpo se resiste. Pinche hablador, susurró el aludido. Déjalo poco a poco, con razón olías ayer, ¿qué tomas? *Whisky*, pero no te molestes. Bebe un trago, simplemente para que te sientas mejor, y comes algo. Sacó una botella de la cocina. Mi hija bebía Glenfiddich, igual que yo.

Comieron ceviche de camarón, jurel a las brasas con arroz a la jardinera y bebieron lo de siempre. Contemplaron el mar en calma y ambos recordaron su niñez correteando por las playas de Altata, el punto marítimo más cercano a Culiacán.

Jefe, hace tres semanas la niña conoció a un amigo de su mamá, como quería mucho a Pedro se enojó con ella, le dicen el Grano y usaba botas vaqueras. Estaban en el punto donde la carretera al Maviri se une a la de Topolobampo, que se veía a un kilómetro, encaramado sobre unos cerros pelones, desde los que se observa Ohuira, la bahía más hermosa del mundo. ¿Ha oído hablar de él? Algunas veces, sí; le marcó a Fierro. ¿Sabes qué onda con el Grano? ¿El Grano Biz? Quizá. Detective Mendieta, lo que sea, no te metas allí. Ya estoy adentro, Pargo.

19

Jefe, no sé, a lo mejor lo que le voy a decir le suena a pendejada.

Qué pedo, pinche Grano, deja los protocolos, dime lo que sea, sírveme otro Buchanan's y no le eches tanto hielo.

¿Qué onda con su operación de pito, se la va a hacer?

No hay tiempo, llama al doctor y dile que se pospone.

¿Hasta cuándo?

Hasta que llegue el cometa, mi pito tendrá que esperar para ser rehabilitado, además estoy sin vieja fija.

Porque quiere, aunque usted no lo dice yo sé que extraña a Daniela Ka y que las morras que le traigo son nomás para deslecharse.

Cállate el hocico, pinche Grano, estamos pedos y cuando uno está pedo es mejor no hablar de las que se fueron, además ya no debería estar aquí, espero que Titanio no me lo recrimine; sírveme, cabrón, ¿qué esperas?

Nomás decía. Quizá tenga razón, a veces me gustaría que estuviera aquí, lo mismo que otras que andan por ahí, ¿qué horas son?

Las diez de la mañana y dormimos cualquier madre.

No nacimos para dormir, Grano Biz, el sueño es uno de nuestros enemigos más pesados, además es viernes.

Todo el día.

¿Cuánto hace que se fueron el Minero y Valente?

Hora y media, no deben tardar.

Esa mañana, cuando Toledo le llamó al Pargo Fierro no le pudo responder porque estaba con el Minero. El jefe no confía en ti. Pero yo sí, díselo, que lo sepa por ti. ¿Cómo ves lo del Ostión y lo que dijo de los polis de Culiacán? El Ostión le saca dinero a todos por lo que sea, tus jefes sabrán si se lo dan; los polis culichis están haciendo su trabajo, Rendón cerró el caso de Sánchez y Larissa demasiado pronto y se nota demasiado. Era conveniente, ¿no? Pues sí, pero se salió de madre. Tú dices si les damos un llegue. No es para tanto, terminarán por irse, ya verás. Entonces me consigues la cita con el comandante de los marinos. No lo conozco, pero voy a hacerle la lucha. Ni madres, Pargo, quiero una cita con ese cabrón y ya, para esta tarde.

Gulp.

Fíjese que teníamos curiosidad por esa operación, toda la raza decía, si le funciona al jefe estamos salvados.

Pues chingaron a su madre, si quieren saber qué onda, opérense ustedes, bola de maricas, luego me cuentan cómo les fue.

Estaba muy borracho y como pudo esnifó una raya y engulló unos granos de coca sin cortar.

¿Iremos a Culiacán o nos lanzaremos directo a la sierra?

Grano, ¿te olvidas de los retenes en las carreteras? Además, las palabras de Titanio son ley, y ella ordenó que a la sierra, así que no le muevas.

Una vez la vi, es un señor culo.

¿Qué te pasa, cabrón? No vuelvas a expresarte así de Titanio si no quieres que te lleve la chingada.

Perdón.

Vete a la verga.

Pasaron dos minutos en silencio.

¿Cuánto tiempo estuve aquí?

Nueve días, más ocho en El Fuerte y un poco más de dos semanas en mi yate.

Un silencio más corto.

Jefe, qué bueno que podamos negociar con los marinos, mis halcones dicen que hace tres días llegó un camión lleno de efectivos.

No estés de caguetas, pinche Grano, quizá Platino ya negoció esa madre y sólo andan en sus recorridos de rutina, y arregla tus broncas con el Ostión, no las dejes crecer; no olvides que ese cabrón no nos cae bien y seguro él tampoco nos traga pero compartimos plaza, ¿qué era eso de los policías de Culiacán y el asesinato del Parque Sinaloa?

Ni idea, ¿entonces nos iremos unos días de aquí?

El que se va soy yo, tú te quedas, es tu plaza, y para qué nos hacemos pendejos, yo no estaría seguro ni en el vientre de mi madre, que Dios tenga con salud; ahora tu obligación es cuidarme, rajarle la madre a esos cabrones si se acercan.

Pienso que debería irse a otro lugar, adonde nadie espere, los marinos son otra cosa.

Lo sé, pero también nosotros somos otra cosa, Grano Biz; por cierto, todos dudan de los plebes, ¿qué están muy verdes estos cabrones?

Verdes no, pero han tenido poca experiencia.

Me dijiste que este barrio era discreto y hasta el Ostión vino a visitarnos.

Ese bato es un cabrón, y el barrio no me preocupa, lo que me da un poco de congoja es que todos quieran que regrese a la sierra.

Y allí iré, me acompañas hasta que nos encontremos con los serranos y te regresas con cuidado; hay que llevar *whisky* suficiente.

Si usted lo dispone así será, pero quisiera borrarme unos días de aquí.

Traes tu pedo, cabrón, nomás que te haces pendejo.

Está muy caliente, y más vale prevenir que lamentar.

Nuestra vida siempre está ardiendo, Grano Biz, ya te dije, ni siquiera podemos dormir completo; y ahora, lo que me hace falta es una buena vieja, así como para continuar mi despedida de esta ciudad.

¿Quiere que le traiga a su peluda?

Eres un genio, pinche Grano, ¿podría parecerse un poco a la que se suicidó? Tengo curiosidad.

Larissa era bien cachonda, bien loca y escandalosa, ¿usted sabe por qué las mujeres gritan, gimen y dicen cosas?

Para controlarnos, he estado con mujeres silenciosas y no es lo mismo, con los gritos uno se siente más acá, machín, el héroe de todas las películas, algo así.

Pinches viejas, son bien listas.

Palabra de Dios, como dices tú; manda por ella, necesito calor de hembra, nos vamos a ir en el surito para despistar; que chequen el aceite, el líquido de frenos y ponle gasolina suficiente.

Irán en él por las viejas, porque yo también quiero una, y que pasen por la gasolinera.

Pues que se apuren, y sírveme otro *whisky*, pinche Grano.

Laveaga recordó nuevamente la forma en la que Daniela Ka llegó a su vida: meses antes había cerrado un restaurante en Culiacán y ella estaba entre los comensales atrapados; fue la única que se acercó a saludarlo.

En ese momento, el Pargo Fierro buscaba al jefe de los marinos que no se molestó en tomarle la llamada.

20

El Pargo detalló por teléfono quién era el Grano Biz, el poder que ostentaba y el respeto que se le debía; dejó al Zurdo francamente preocupado, ¿no habría en este país un delito que no involucrara a los narcos? Puta vida. Fierro dijo no saber de la relación del tipo con Larissa y tampoco si tendría algún altercado con Pedro que quizás lo pusiera en la mira de sus gatilleros. Qué manera de valer madre, además, ni se le acercaron antes de dar el carpetazo. A mí no me reclames, detective, yo no cerré el caso. Debiste indicarnos la posibilidad de que se conocieran, eres amigo de Abel, él confiaba en ti, nos mandó contigo, también le dijiste que no estaban investigando. No le dije eso, comenté que quizá la investigación fuera lenta, no me atreví a revelarle que el caso estaba cerrado; como comprenderás no la tenía ni la tengo fácil. ¿Por el Grano o por Rendón? Por el comandante, es muy quisquilloso, al otro ni lo conozco; por cierto, me autorizó para apoyarlos, le dije que lo haría por Abel, con quien tengo una amistad de casi treinta años. Pues bienvenido a este barco chiquitito donde los víveres empiezan a escasear; dime una cosa, ¿por qué al Grano le gusta matar mujeres? Hasta donde sabemos ha asesinado más bien a pocas, y desde luego que tiene pistoleros que lo hacen por él. ¿Y les mata a los novios? No podría asegurarlo. ¿Es decir, el tipo vive aquí, opera aquí y hasta se da el lujo de tener una chica como Larissa? Lo de Larissa es nuevo para mí, en cuanto a lo demás, no sé dónde vive y tampoco si Los Mochis es su centro de operaciones. ¿Has oído a la gente cuando reclama que todos saben dónde están los mañosos menos nosotros, los placas? De vez en cuando. La vecina dijo que llegaba un señor en una camioneta negra y que Larissa lo seguía, podría ser el Grano. Lo dijo en su declaración, lo recuerdo, pero nunca le vio la cara, como puedes ver, eso no indica que el Grano la haya matado y tampoco a Pedro. Rendón presumió que aquí todo era paz y tranquilidad, y hemos visto marinos por todas partes. Esperemos que sea pasajero, como se dijo en nuestra junta de hace rato. Necesito interrogar al Grano. Con todo respeto, detective, tendrás los huevos muy gordos. Lo suficiente, y entérate, estoy aquí por mi amigo, que además fue mi maestro. Gris había detenido el Jetta y esperaba. De acuerdo, voy a buscar la dirección, ya veremos si la tiene aquí. Oye, necesitamos las fotos de Orozco, parece que ya tiene algo pero no lo mostrará hasta ver las fotografías. Así es de quisquilloso ese cabrón, lo conozco muy bien; por cierto, hoy no se presentó a trabajar. ¿A qué horas las tendrías? Por la noche, seguro.

Mendieta se volvió a Gris y la puso al tanto. Me queda claro que el hecho de que ubicáramos huellas de botas en el pozo no quiere decir que el Grano Biz sea el asesino de Pedro, pero es una línea de investigación que no debemos descartar, gracias a Teresita. ¿Será cierto que ha matado a pocas mujeres? Lo averiguaremos, y ahora, aunque con limitaciones, lo pensaremos como el asesino de Pedro, cuando menos como su autor intelectual.

Ya en la ciudad fueron directo a la comandancia. Entraron a la oficina de Rendón sin llamar y él se comportó como si los estuviera esperando.

Buenas tardes, detectives, me dijo el teniente Fierro que querían preguntarme por qué cerré el caso, ¿es así? ¿Qué nos puede decir del dueño de Agrícola Mochicahui? El señor Camacho es una excelente persona, uno de los pilares de la economía de la región. ¿Tenía amistad con Pedro Sánchez? Cómo se le ocurre, el señor Camacho es un hombre de alcurnia y Sánchez, un pelagatos. Pues lo visitó cuatro veces la semana en la que lo mataron. Debe haber sido por algún cobro, ya ve que Pedro trabajaba en ese ramo. En el informe que nos proporcionó no consta que el señor Camacho fuera interrogado, ¿alguna razón en especial? No lo consideré necesario, se trata de una persona respetable, de reconocida solvencia moral, un ejemplo para todos. Al que le tienen que cobrar cuatro veces y con el que usted se echa sus tragos en el Farallón, expuso Gris Toledo, con extrema seriedad. Entonces es eso, ¿me van a acusar de comer con mis amigos? Queremos saber por qué cerró el caso, que de dos lo convirtió en uno, sólo le faltó declararlo muerte súbita, continuó la detective con voz firme. La mujer que acaricie mientras come es asunto suyo; usted presume de ser un policía honorable, así que deje de estar jugando y ayúdenos a encontrar al culpable, ésta era la Gris que a Mendieta le gustaba: pundonorosa y eficaz, inteligente e implacable. La sonrisa irónica de Rendón se heló. Si no eres claro, le diremos al Grano Biz que cerraste el caso de su novia sin encontrar a su asesino, señaló el Zurdo, Rendón se puso blanco, se paró arrebatadamente, abrió la boca como para decir algo y se sentó de nuevo. Dígale que lo cerré porque creí que era orden suya y porque quiero una ciudad con la menor cantidad de broncas posibles. A ver, deje ver si entendí, usted considera que Larissa Carlón fue asesinada por orden del Grano Biz. El comandante los miró desconfiado. No se enrede ni me enrede, cabrón, creí que él deseaba que se cerrara el caso, es todo. Se observaron muy circunspectos. ¿Analizó esto con su equipo? Ah, no me diga que el comandante Briseño se sienta con ustedes a analizar cosas. Era verdad, muy pocas veces contribuía en sus averiguaciones. Uno hace sus consideraciones y ya. En el expediente de Larissa Carlón no consta que tuviera una relación con el Grano Biz y la hija de la víctima estuvo con ellos. Detective, ¿por qué te quieres pasar de listo?, si alguien sabe aquí cómo corre el agua eres tú, que ayudaste a escapar a Samantha Valdés del hospital Virgen Purísima, ¿ya se te olvidó? Expresó, irónico. Mendieta tuvo deseos de romperle la cara pero se controló y decidió bajar el tono. Voy a interrogar al Grano Biz, necesito que le hable y se lo proponga y si no acepta, quiero refuerzos para traerlo a la jefatura. Se lo dije desde un principio, no cuenten con nosotros, silencio breve. Llegó una circular de México donde dice que nos harán una prueba de confianza y el antidoping, ¿la conoce? No me chingues, Mendieta, no me vengas a asustar con el petate del muerto. Burbuja de silencio en la que los tres están hartos. Estaremos a la espera de sus noticias, comandante Rendón, espero que entienda que lo que sigue para nosotros es interrogar al Grano Biz; ¿qué no escribió en el informe que nos pudiera servir para ubicar al asesino de Pedro? El comandante tardó en responder. Un indígena estaba a esa hora en la enramada de las cactáceas, escuchó los disparos y vio a dos hombres alejarse, estaba bastante lejos, oscuro, y sólo notó que vestían ropa clara. Dígame algo que no sepa, comandante, los tipos eran delgados y usaban botas, el encono volvió a la cara del funcionario. Pues es lo único que omití, si quieren hablar con él se llama Joaquín y tiene una pequeña tienda de artesanías en la Plaza Ley. ¿Y si a Pedro lo hubiera matado el Grano Biz? Bueno, ustedes son los investigadores. Llámenos en cuanto tenga algo o nos avisa con Fierro.

Los detectives abandonaron la oficina francamente indigna-
dos. En el estacionamiento los esperaba el Pargo. ¿Cómo les
fue? Cooperó más de lo que esperábamos. ¿En serio? Al menos
nos dijo por qué cerró el caso, reveló Gris. ¿Y se puede saber?
Claro, por temor al Grano Biz. Bueno, es un temor que com-
parto; por cierto, hice un par de preguntas por ahí y nadie sabe
nada de él, no tienen idea de que tenga casa por aquí; tampoco
Mendívil y Robles han oído del asunto. Le pedimos a Rendón
que le llamara, ahora es cuestión de esperar. ¿Qué? Lo que oyes,
también nos habló de Joaquín, ¿sabes quién es? Claro, tiene una
tienda de artesanías.

¿Lo podrías traer a la comandancia para interrogarlo? Por
supuesto, mañana te lo pongo aquí a primera hora. Bien, no
te olvides de las fotos de Orozco. Ya mandé imprimir las copias pero me las entregan hasta mañana. Ni hablar. No estaría
de más que pensaras cómo le vamos a entrar al Grano, detective. Mendieta deliberó, pero en un buen trago de *whisky*, pinche alcohol, cuántos líderes fracasados en tu nombre.

El alumbrado público iluminaba la calle cuando se dirigieron al hotel, el Pargo iba por esa ruta y el Zurdo lo siguió sin
pretenderlo, sonó el Séptimo de caballería. Mendieta. Me pregunto si te veré hoy, detective. ¿Y qué te contestas? Que no te
conozco y que quizá seas un culichi evasivo y sangrón. Nada
de eso, soy el culichi más detectable y cariñoso del mundo. ¿A
qué hora cenas? Depende de con quien, a Scarlett Johansson,
por ejemplo, le gusta temprano, pero Nicole Kidman sólo
quiere su arrocito con leche. Pinche presumido, murmuró el
cuerpo. Creo que soy de otra clase. ¿A qué hora pasarías por
mí? A las nueve, ¿te parece? Perfecto, te espero, cortó y se acordó de Susana, de que sería bueno regresarle la llamada, ¿por
qué la recordó precisamente en ese momento?, ¿tenía algo
firme con ella? También recordó a Jason y esa propuesta, que

por estar pisteando no había pensado lo suficiente. Ya, pinche Zurdo, no te compliques, recuerda que la que está más cerca es la más hermosa. Lo de Susana no es juego, hasta se preocupa por mí. Pero está muy lejos, así que ponte las pilas y veamos a esta güerita, no pasa nada; además anoche estuvo fenomenal, no digas que no. Tú pura pinche calentura. Tú no porque eres pendejo.

Me gusta verlo cuando está en una relación, se pone sonrojado y feliz. No digas tonterías, agente Toledo, es la hija de Fierro. Jefe, no dije nada malo, además anoche bajé por mi coca de dieta y usted ni me peló, estaba muy entretenido con un montón de muchachas, entre ellas la doctora. Sonrisas. Hablando de muchachas, me olvidé de Montaño, ¿puedes llamar a Angelita y preguntarle qué pasó? A ver si la alcanzo, recuerde que cuando no estamos se va temprano, además es viernes. Márcale, tenemos que echarle una mano a ese cabrón, la tristeza es devastadora y nos convierte a todos en jinetes sin cabeza. El doctor aguanta eso y más, ya verá que no será el caso. No tenía interés en nada, quizá la inactividad amorosa lo tenga así de jodido. Esperemos un poco, ya verá que se le pasará. Debí obligarlo a venir. Si es de amor, a nadie le cae mal sufrir un poco, se aclaran muchas cosas, usted debe saber del asunto. Algo. Angelita no respondió en la oficina ni en su celular.

Mendieta se sentía excitado, la perspectiva de conocer un poco más a Janeth le inyectó ánimos. Es tan bonito conocerse que cuesta creer que haya tanta gente sola. Circulaban tranquilos cuando se les atravesó una camioneta de la Policía Federal que iba a exceso de velocidad. Frenos. Chirridos. Mentadas. Qué pedo. Olor a llantas quemadas. Maldiciones. Un agente en la caja de la camioneta estuvo a punto de salir volando. Se detuvieron paralelos, un vehículo en un sentido y el otro al contrario. Dos federales armados bajaron de la cabina, el tercero permaneció en su sitio. ¿Estás dormido o qué, pendejo? ¡Pendejo! Fue el doble saludo, Mendieta lo tomó con calma. Ya desperté, qué onda. Fierro, que media cuadra adelante escuchó las frenadas, se lanzó en reversa. Baja del pinche carro o te bajo a chingadazos, ordenó el Ostión con su boca chueca, cincuenta años, fuerte, acostumbrado a convivir con los demonios. Las manos donde las vea, pendejete, añadió el subalterno, treinta años, ojos bravos, fortachón. Somos policías ministeriales. Y qué, estás obstruyendo el libre tránsito a la autoridad. Supongo que perseguías al que todos buscan. Eres un pendejo, reiteró el joven. Y salgan de esa madre de una vez por todas. Un poco picados ambos detectives descendieron de la unidad, Gris tomó la palabra. Señores, disculpen y terminemos esto en este punto. ¿Y a ti quién te mete, vieja pendeja? Ei, cuidado, no ofendas a la detective, y ya dejen de hacerla de pedo, estamos trabajando. El Ostión le atizó un derechazo a las costillas. Uggg. Mendieta aguantó sin chistar. ¿Quién la está haciendo de pedo, pendejo? El federal quedó tan cerca que El Zurdo le recetó un rodillazo en los genitales que lo dobló. Uggg. Perdón, creí que traías protector. El otro policía desenfundó. Te va a cargar la chingada, pinche poli de mierda, y le disparó a los pies. A ti también, gritó Gris, y le acertó un tiró en el brazo armado. Una vecina que se acercaba con sus niños se retiró precipitadamente. ¡Perra desgraciada, hasta aquí llegaste! Un vientecillo agitó un árbol cercano. El Zurdo se le fue encima al herido y lo desarmó. La camioneta del Pargo se hizo presente, el Ostión llevó su mano a su arma. ¡Deja tu pistola donde está! Gris estaba encendida. ¡Tira la tuya al suelo o te chingo, pinche vieja! El policía de la caja apuntaba a Gris con un rifle, Fierro salió apresuradamente de la camioneta. ¡Deténganse!, ¿qué les pasa? ¡Somos policías! Y se metió entre ellos. Nos estamos conociendo, expresó el Zurdo. Qué bueno que te entiendes con el Ostión, es el mejor policía federal que conozco y se las ha ingeniado para estar entre nosotros veinticinco años. El aludido se reponía del sofoco. Ya pudimos ver que es bastante sociable, y también su subalterno, el herido se agarraba el brazo sangrante. Ha sido un gusto, señores, pero nosotros nos borramos. Por mí puedes ir a chingar a tu madre, el Ostión estaba en el límite, Mendieta entregó la pistola del herido a Fierro. Pargo, no te olvides de nuestros pendientes, buenas noches, que duerman bien. Subieron al Jetta bastante exasperados y enfilaron rumbo al hotel. El policía local explicó a los federales la misión en que andaban los detectives. ¿Qué no cerraron el caso?, replicó el Ostión. Larissa mató a Pedro y luego se metió un tiro en la choya. Pues están encontrando elementos que echan por tierra esa teoría, y por cierto, ya apareció el nombre del Grano Biz. Ah, supe que dos policías de Culiacán andaban en eso. Pues ellos son. ¿Quién es ese cabrón tan alebrestado? El Zurdo Mendieta. El Ostión observó el Jetta que se alejaba. No me digas, ¿el corrupto que desgració a mi compa Trokas? El mismo. ¿Por qué te entrometiste, eh, pinche Pargo? Obregón era mi compa; maldita plaga de Egipto, entre más pronto la erradique mejor.

21

La primera pistola que tuve fue una 38 Súper, niquelada, me acuerdo que tiraba chueco.

Y aún así se echó a varios con ella, según se sabe.

Todo fue cuestión de agarrarle el modo; con ese entrenamiento después me pude entender con cualquier arma.

Cuando yo empecé ya estaban de moda las Berettas y los cuernos.

¿Qué edad tenías?

Los mismos que usted cuando empezó: trece años.

Me robé mi primera mujer a los catorce.

Yo a los quince.

Era una belleza serrana: buen cuerpo, ojos verdes, pelo dorado, parecía gringa la cabrona.

A mí la mujer que más me impresionó fue Larissa; hasta pensé que podría casarme con ella, pero no, era bien loca, viuda, tenía novio, un pobre pendejo; un día nos cayó en su casa y me la hizo de pedo.

¿Qué hiciste?

Ella lo corrió, fue muy chistoso, mientras yo le quería sorrajar un tiro en la panza ella le cantó algo de niños: *La naranja se pasea, de la sala al comedor*, bien curado.

Pinche Grano, si te digo, haces puras pendejadas; yo lo agarro, le meto un balazo en el culo y lo mando a chingar a su madre.

Y lo más chistoso fue que él le respondió: *Naranja dulce, limón partido, dame un abrazo que yo te pido*, como que era una clave entre ellos.

Pero ahora tienes una reina embarazada.

Ese plebe va a nacer carita, no chingaderas.

Ruidos de gente que llegaba. Con el Minero y Valente entraron dos chicas con minifalda, muy delgadas, maquilladas en exceso, que sonrieron como publirrelacionistas.

Hola, guapos.

¿Y estos esperpentos? Cabrones, ¿qué les dije? Ni que no conocieran los gustos del jefe.

Ella nunca se ha depilado.

Pero no tiene qué agarrarle, ¿qué no la ves?

Son amigas de mi chaparrita.

Tranquilo, Grano; muchachas, ¿desean beber algo? Sólo tenemos *whisky* y agua.

Yo no, luego me duele la cabeza.

Si no toma ella pues yo tampoco.

Bien pensado, se ve que son amigas del alma, ¿cómo va el negocio esta noche?

Muy mal, los marinos andan rondando y ahuyentan a los clientes, sólo hemos tenido uno cada una.

¿Y ellos no cogen?

Pues sí, pero no les han dado día franco; de momento tengo dos apalabrados.

Y yo tres.

No pinta mal, ¿eh?

Jefe, les voy a pagar y que se vayan mucho a chingar a su madre.

Que sea doble.

¿Está seguro? Ni una vuelta nos dieron las cabronas.

No importa, todos deseamos una noche de buena suerte de vez en cuando, que ésta sea la de ellas.

Si quiere se la beso.

Así está bien, es cortesía de la casa.

El Grano sacó una paca de billetes y les pasó algunos a las chicas.

Gracias señor, que Dios lo bendiga.

De nada, que mejore su negocio.

Salieron por donde habían entrado y ellos quedaron en silencio.

¿Qué horas son?

Las nueve, ¿quiere dormir un poco?

Después de que nos acabemos el *whisky*. Pon una rolita de Los Broncos de Reynosa, pero no le subas.

El Grano Biz manipuló el estéreo y pronto se escuchó el corrido de "El mano negra". El Perro Laveaga observó su vaso por un momento, estaba ansioso, flotando en un callejón sin salida, ¿por qué no aceptaba el marino negociar con él?, ¿era honrado o le hacía al loco? Al menos que estuviera sentenciado; no, eso no, aún era hombre importante en el cártel del Pacífico y no se oía la cascada. Entonces, ¿de qué se trata?

Afuera la ciudad dormía con un ojo al gato.

22

¿Te gusta la comida italiana? Prefiero la rumana pero me sacrifico. Fuera del sarmale, nunca supe que los rumanos tuvieran una cocina famosa. Yo tampoco, estoy bromeando. Eres un culichi que hace bromas extrañas, y antes de que comentes cualquier cosa, deja que te diga que he conocido a muchos culichis y la mayoría son muy desparpajados; una amiga, que apodábamos Mi Prima la Gorda, cuando estudiábamos en Guadalajara, decía desgobernados, y era lo mismo. ¿Y era muy gorda? Nada, era de buen cuerpo y muy guapa. La ciudad está trazada al estilo americano: calle amplia y callejón paralelo, que se repite sobre todo en el centro. Pronto estuvieron en la Trattoria, un lugar lleno de aromas a especies, pasta y recuerdos. Ordenaron aperitivos: ella, tequila reposado y él lo de siempre. ¿Te gusta el vino? El que al mundo vino y no toma vino, ¿entonces a qué chingados vino? Pudo venir a muchas cosas, por ejemplo a sembrar, pescar, cocinar, tener amigos. A matar, robar, traficar, corromper, engañar a los ciudadanos. El lugar estaba lleno, pidieron Montepulciano y ensalada caprese de entrada. ¿Te resulta inevitable ver a la gente como delincuentes? En este tiempo sí, las personas honradas son muy escasas y se cometen más delitos de los que podemos atender. Se me hace muy duro, imagina que yo viera a todos como enfermos, no soportaría salir a la calle. Quizá pensarías en un enorme hospital, rodeado de fábricas de medicamentos. ¿No me digas que piensas en una gran prisión? Nosotros los detenemos y los entregamos, de lo demás se encargan otros, entre muchas cosas del asunto de las cárceles. Ella lucía un vestido verde susto, holgado, con los hombros descubiertos, Mendieta lo de siempre, aunque traía las botas Toscana sucias de arena. Nunca sentí que mi papá corriera peligro, incluso ahora que la ciudad tiene esa nata rara y que se ha vuelto más violenta. También lo veo tranquilo, pero hoy hemos encontrado que Larissa Carlón tenía una relación con el Grano Biz y tu papá se excitó un poco, ¿sabes quién es? Algo me comentó Larissa y me pareció una soberana locura. ¿Recuerdas cómo te hizo el comentario? Dijo que lo había conocido y que el peligro era un estimulante sexual, en el sonido "Don't Expect Me to Be Your Friend", con Lobo. ¿Nunca expresó que fuera un hombre poderoso? No, y hablando de mi papá, cuando ella murió se alteró un poco, quizá porque la conocía; tienes que entender una cosa, Zurdo Mendieta, hoy supe que te dicen así, mi papá está a punto del retiro y trata de evitar los problemas, te lo encargo, por cierto, tiene una semana algo desganado, no quiere comer como siempre. Ya me dijo que no lo dejas tomar café. Padece presión alta, demasiado café lo acelera y no le permito tomar más de dos tazas al día; pero es inquieto y le gusta futurear, la semana pasada le presté dinero para comprar un terreno a cien metros del gimnasio del Travieso Arce, una ganga, según él. Optaron por pasta con pollo, Janeth, y pasta con carne, el Zurdo. ¿Vive solo? Mendieta se clavó en sus ojos grandes y adormilados y los deseó como centro de su universo. Desde hace nueve años es viudo, se entretiene lavando su Cheyenne, le puso llantas anchas y le encanta meterse en los arenales del Maviri. Ese famoso campo nudista. ¿El Maviri, de dónde sacas eso? Mendieta sonrió. Oye, eres hermosa. Eres guapo, sonrieron, dijeron salud. ¿Y el señor Fierro tiene novia? No sé, al menos no me ha presentado a ninguna, pero creo que no, ya te dije: aquí todo se sabe. Una lluvia suave dio al aire acondicionado lo que le faltaba para ser perfecto. Mendieta continuaba detenido en el rostro de su acompañante: fino, maquillado con discreción, labios más bien delgados y una sonrisa relajada que la hacían perfecta. Es como una flor tierna de todos los colores, me he querido mentir que no me gusta pero soy un fiasco, reflexionó. El cuerpo se había mantenido en silencio, discreto, pero dispuesto a exigir una nueva oportunidad. El caso de Larissa es curioso, la mataron en su casa, en su cama, y no tuvo relaciones sexuales antes ni la ultrajaron; ¿el Grano Biz tendría esa prudencia? No tengo idea, he escuchado de él pero no lo conozco, ¿has pensado que la culpable podría ser una mujer? Por supuesto, si se metía con cualquiera podría ser el caso, pero una mujer no contemplaría ciertos detalles, por ejemplo, si hubiera sido una que le prestaba su marido, simplemente llega y la desgreña. ¿Tú crees? ¿No reaccionarías así? Claro que no, cuando estuve casada, él se interesó por otra y se fue, y no hice drama, si te vas que te vaya bien. Pues si todas las mochitecas son iguales, entonces sólo pensaré en un varón. Buen punto, detective, ¿a qué detalles te refieres? Colocarle la pistola en la mano derecha para fingir suicidio, por ejemplo, tirar unos calzones de ella en el piso. ¿Es posible encontrar huellas en la tela? Pues mis técnicos son magos y aislaron una. Salud, salud por eso; toda mi vida he convivido con la ley y es la primera vez que escucho que lo logran. No imaginé que te interesaran esos asuntos. Los odio, pero si el jefe de familia está en eso terminas por respetarlos, ¿quieres café? ¿Tendrán Nescafé? Lo miró, divertida. ¿No quieres café de verdad? Bueno. Y tu compañera, ¿qué tal? Es una gran detective, hace unos meses se casó con un agente de tránsito. Noté que era observadora y discreta. Son dos de sus virtudes. Hoy en la mañana firmé el acta de defunción de un suicida, Armando Morales, la viuda no parecía afectada. ¿Sabes si Morales tenía motivos para suicidarse? Padecía ansiedad extrema, quizá fue eso. ¿Crees que sea un caso para la policía? No lo será, dentro de las familias decentes no se cometen delitos. Sonrieron.

En los digestivos que sumaron al café, amaretto y *whisky*, Mendieta le preguntó si conocía a alguien que viviera en La Herradura, la privada que se alzaba al lado del Parque Sinaloa, donde encontraron el cadáver de Pedro Sánchez. Janeth sonrió. Mi ex vive allí. Perfecto, ¿podrías llevarnos? Primero tengo que llamarle, mi relación con él es algo ríspida. Si acepta, ¿a qué hora se haría? Después de las cinco, estaré de turno en la clínica donde trabajo. Nos irá bien, por alguna razón las investigaciones avanzan muy bien los sábados. Espero que atrapen al asesino sin disparar, mi ex es un poco violento pero nos atenderá. Bueno, en esta vida todos somos ex de alguien y también un poco violentos.

¿Y ahora? El cuerpo se puso impaciente, se escuchaba Marafona: "Amar dentro do peito de uma donzela". ¿No ves cómo mueve sus manos y se acomoda el pelo? Es señal de que la noche es joven. Mendieta imaginó el ritmo de sus caderas, su blancura poética y la transparencia del vestido verde. Mauricio Carlón tenía razón: el *whisky* obraba milagros en él.

Salieron del restaurante entre una lluvia suave. Subieron al Accord de Janeth y se besaron suavemente. Hoy no quiero ver el teatro desde tu ventana, detective, iremos a otro lugar. ¿Veremos mariposas cuatro espejos? Lo que tengo muy claro es que la pasarás mejor que con Scarlett Johansson, te lo prometo.

Dudarlo sería un error. ¿Qué quieres oír? Lo que pongas estará bien. Y escucharon a Bryan Ferry, "I'm in the Mood for Love".

En Los Mochis los fantasmas vagan con los brazos abiertos.

Las ciudades sin sueño tienen moteles en los extremos y hacia allá se dirigieron, conversando del teatro, de algunas experiencias laborales y de cómo se habían alejado de los vicios. Sólo tomé coca una vez. Yo Pepsi. Ferry cantaba "Lover, Come Back to Me" y el Zurdo estaba a punto de contarle del altercado con el Ostión cuando se les atravesó un retén de la Marina. Órale. Están en todas partes, ¿sabes por qué? Nada concreto, pero si son marinos deben estar buscando a un pez gordo. Alumbraron sus caras con una linterna. Sus identificaciones. El marino las vio con su lámpara de mano, se detuvo más de la cuenta en la de Mendieta. ¿Son esposos? Algo mejor que eso, manifestó Janeth con una amplia sonrisa. Sin hacer un solo gesto les regresó los documentos y les dejó el paso libre.

Ella lo llevó a un motel con nombre de perro donde le demostró que la segunda vez siempre es mejor que la primera. No digan que no.

23

Márcale a Platino, hay que pedirle que maten un becerro para que nos reciban, seguro vamos a llegar con jaria.

El Grano Biz obedeció. Escuchó el sonido de la llamada hasta que se cortó.

No contesta.

Al cabrón se le ocurrió pasarse la noche cogiendo cuando nosotros queremos movernos; por cierto, me ofreció una raza de Culiacán para que en caso necesario nos echara un cable.

Son bienvenidos, jefe; pero si no vienen no se apure, usted tiene aquí a estos morros y a mí, que estamos dispuestos a morir por usted, y si quiere más me dice.

Ándese paseando, esa voz me agrada.

Usted nomás diga qué sigue y nosotros le atoramos.

Sonó el celular que sólo había timbrado una vez. El Grano observó la carátula.

Es el Ostión.

¿Y ahora qué quiere ese cabrón?

¿Contesto?

Y a mí qué me preguntas, es tu plaza, seguro quiere hablar contigo.

Bueno.

Qué onda, mi Grano, ¿cómo estás? Como siempre, ¿y tú, mi Ostión? Algo preocupado pero bien, ¿tienes al jefe a la mano? El Ostión estaba en edad de jubilarse pero no lo hacía porque le encantaba el dinero y las emociones fuertes. El Grano hizo una seña y Laveaga tomó el celular. ¿Qué pasó? Nada, jefe, todo bien, sólo decirle que el sol sigue sin alumbrar en este pueblo y hacerle saber que los marinos están rondando Palmira. Lo primero no es mi pedo, ya te dije, lo segundo barájamelo más despacio. El Perro dejó su vaso sobre la mesa. Acabo de pasar cerca de su refugio y me pareció ver estacionadas un par de camionetas llenas de soldados, a oscuras, y un par de helicópteros que esperan en un baldío cercano. ¿Estás seguro o te pareció? Laveaga volvió a tomar su vaso. Estoy completamente seguro. Ok, vamos a ver qué onda, mantente cerca por si te necesitamos. Cortó y se volvió al Grano.

Este cabrón sabe dónde estoy, me habló con mucha seguridad.

Si no fuera un problema con Platino le pediría a los flacos que lo quebraran; es un cabrón protegido.

Olvídalo, me dice que los marinos están aquí, sube y que los plebes ubiquen dos camionetas estacionadas a oscuras y dos helicópteros en espera, si el Ostión no está pedo tendremos que movernos en chinga, ¿qué tanto hace que se fueron el Minero y Valente?

Una hora más o menos, no deben tardar.

El Grano subió rápidamente, el jefe se puso de pie, tomó el rifle, apagó el estéreo y se quedó atento a los ruidos. Los pistoleros lo miraban un poco asustados.

Plebes, llegó la hora de demostrar qué tan gordos tienen los güevos, pónganse truchas, hoy es sábado y los sábados son buenos para todo.

Luego se asomó por la ventana, el alumbrado del bulevar era débil; tomó los celulares y subió las escaleras. Una lluvia menuda empezó a golpear los cristales. Se hizo presente en el punto de vigilancia y permaneció quieto un momento, observando la oscuridad, una balacera cercana lo hizo tragar saliva.

Después de varios intentos infructuosos de conectar con el jefe de los marinos, El Minero y Valente se separaron del Pargo Fierro en el estacionamiento de Plaza Ley.

Para mí que nos está bateando el bato, señaló Valente saliendo del lugar.

Si no responde mañana que es domingo, trataremos el lunes.

Tengo la sospecha de que no va a respoder nunca.

Ya, cabrón, no seas ave de mal agüero; voy a buscar al Ostión, quizá tenga vara alta con él.

No confío en él.

Los jefes no lo quieren, pero si logra que me atienda ese cabrón no creo que se opongan.

Tomaron el bulevar Rosales. Justo al llegar al museo Regional del Valle del Fuerte, dos camionetas de la Marina se ubicaron a su lado izquierdo.

¿Qué onda?

Valente, al volante, vio siete rostros cubiertos con pasamontañas y otros tantos fusiles. De la cabina de uno de los vehículos les pidieron que se estacionaran a su derecha. El sicario afirmó con la cabeza.

Ni madres, métele fierro a esa madre.

Ordenó el Minero con la pistola en la mano, y antes de que cambiara el semáforo a verde, la Toyota salió a toda velocidad, dio vuelta a la derecha en el museo entre una lluvia de balas que despedazaron el cristal posterior. Por ese espacio, Minero descargó su pistola sobre los marinos que se iban quedando atrás. Giraron en la iglesia que está frente a la plazuela 23 de Septiembre y consiguieron escapar con cierta facilidad. Por seguridad, Valente se alejó de la casa blanca.

Dejaron la camioneta en la cochera cerrada de la modesta vivienda que Valente compartía con su chaparrita. La mujer los recibió contenta, abrazó y besó a su hombre, no hizo preguntas, les ofreció comida; Valente dijo que se tenían que ir pero que pronto volvería, le dejó dinero para el gasto y sin mayor trámite caminaron hasta una plaza comercial cercana para tomar un taxi.

Estaban tranquilos, con ganas de pasear y tirar balazos.

24

A pesar de la trasnochada, el detective aceptó hablar con Montaño y se sentó en la cama; le tomó la llamada a las cinco de la madrugada, lo escuchó tan deprimido que se preocupó, no deseaba ser factor si de alguna manera el forense tocaba fondo. ¿Sabes que es lo más terrible del amor no correspondido? Su voz era quebrada y poco audible, evidentemente estaba borracho. ¿A quién putas le interesa eso?, pensó Mendieta tratando de entender a su amigo y olvidando sus múltiples descalabros con mujeres. Que te quita el sueño, se respondió Montaño. Hay una química del desamor que no se puede controlar, un sentimiento que te lleva al pesimismo absoluto. Yo me emborracho y pongo rolitas suaves e imagino que la ingrata se entera por las que estoy pasando. Pero igual no duermes, ¿o sí? Pues no; cabrón, ¿por qué no te la robas?, le ponemos plantón en su casa o trabajo, la acusamos de intento de asesinato y te la ponemos donde digas. Hubo un silencio en el que Mendieta bostezó y se puso de pie para desperezarse. Zurdo, nunca te pediría eso, jamás te metería en un problema del que saldrías muy raspado; lo que sí quiero que sepas es que no puedo con esto, al principio pensé que era uno de esos juegos perversos que embelesan a hombres y mujeres, en los que, por otra parte, me encanta participar, pero no, creo que me he enamorado hasta las cachas. El Zurdo lo dejó hablar, recordó sus recientes horas con Janeth y en lo que deseaba responderle a Susana en cuanto concluyera la investigación. Montaño se explayó y era la voz de un hombre enamorado que no tenía ninguna esperanza. Un maldito Werther mexicano perdido en su propia habitación. Podrías componerle un bolero, pinche Montaño, una rolita acá, suave pero demoledora. Creo que lo mejor es que regrese a casa. ¿Dónde estás? En Mazatlán. ¿Sabes, Montaño?, jamás imaginé verte en esa situación y lo único que se me ocurre decir es que frente al amor no hay defensa y que si no te pones trucha te vuelve más pendejo de lo que eres; otra cosa, por lo que me dices, debe ser una vieja muy cabrona: no le puedes mandar flores ni invitar a cenar, no te la has cogido, la puedes saludar pero no abrazar o besar, no es particularmente bonita pero tiene lo suyo y piensas que sería catastrófico si te la ponemos en tu casa. No es cabrona, simplemente es como es. ¿Sabe que te trae cacheteando el pavimento? Ya se lo dije. ¿Y qué pasó? Se rio en mi cara y me pidió que me dejara de pendejadas. ¿Y no la agarraste a besos allí mismo y le bajaste los calzones? Cómo crees, la respeto mucho. No mames, pinche Montaño, te va a matar y tú con los brazos cruzados. Pues es que. Ni madres, búscala o llámale y dile que es el amor de tu vida, si es comprensiva al menos te dará esperanzas. No puedo, ya lo intenté y me pidió que me comportara, que no tenía por qué oír mis desatinos, terminé colgando sin replicar. Pues márcale de nuevo, dile que andas vuelto mierda y que lo único que quieres en la vida es estar con ella. Lo voy a intentar, Zurdo, y si me corta me meto un balazo. Buen punto, doctor, pero primero le disparas a ella, y tu tiro que no sea en un ojo, así no tendremos que investigar cuál de todas tus viejas te dio piso.

Prometo liberarte de esa tarea. Eso me gusta de ti, doc, amigo hasta el final, no olvides avisarle a Ortega para que no tope de nuevo con su amigo El destripador. Gracias, Zurdo, de veras, está amaneciendo y el mar está calmado, se ve muy bien. No se te ocurra suicidarte allí, es verano y hay muchos quemadores, sufrirías intensos dolores y no te los mereces; doctor, fuiste bueno vivo y debes ser mejor muerto; además es para mujeres poetas. Gracias, amigo, que todo salga bien en Los Mochis y saludos a tu excelente compañera.

Se encontraba tomando café, esperando a que bajara Gris, cuando entró una llamada. Identificó el número y respondió: Mendieta. Buenos días, Zurdo Mendieta, ¿cómo vas en la ciudad cañera? Bien, aunque más lento de lo que debería, le iba a comentar del Grano Biz pero se abstuvo, si pretendía establecer distancia con la capiza debía empezar por no hacerle preguntas sobre sus dominios, si es que el Grano Biz era de su gente. Me dicen que está lleno de marinos. A mí también, pero salvo en un par de retenes no hemos topado con ellos, tampoco quería tratar un tema que por supuesto ella dominaba. Te llamo porque eres mi buena acción del día, ¿se te ofrece algo? De momento nada. El que nada no se ahoga, Zurdo Mendieta. Es correcto. ¿Cómo está tu hijo? Parece que sin broncas, sigue en la escuela y el mes que entra correrá la milla, espero que gane. Ganará, ese plebe tiene corazón, ya verás que no te defraudará. ¿Y el tuyo? Creciendo, la novedad es que ya le gusta la escuela. Qué bueno, Samantha, gracias por llamar y por tu ofrecimiento. Ya sé que eres bien cabrón y que difícilmente aceptarás mi ayuda, pero como te dije una vez, jamás olvido los favores que me hacen. Pues de momento estoy bien, de veras, sabes por qué estoy aquí, ¿verdad? Más o menos. Mataron al hijo de Abel Sánchez, mi maestro en la poli, y estamos ubicando a los asesinos. ¿Son varios? Probablemente dos; la policía local dice que lo mató su novia y que luego se suicidó, pero hay más dudas que certezas. Pues cualquier bronca me llamas, y no voy a repetirlo, Zurdo Mendieta. Lo sé, qué bueno que me conoces. Cortó. El detective se quedó con un gesto de Esta mujer realmente me quiere, que se borró tres segundos después.

Buenos días, Zurdo, ¿me permites unas preguntas? El periodista Daniel Quiroz, de *Vigilantes Nocturnos*, estaba presente con un guiño amistoso y grabadora en mano. A Mendieta se le revolvió el estómago. Valiendo madre, ya le cayó mierda al agua, ¿qué haces aquí, pinche cagatinta? Nuestros radioescuchas desean saber cómo fue que volviste al trabajo, se sentó. Estás pendejo, pinche Quiroz, y apaga esa madre si no quieres que te la decomise. Y te echo a Periodistas sin Fronteras. Échame a tu hermana antes de que te deporte a Veracruz, allí sí saben tratar a los lenguas largas como tú. No creo que apoyes a esos asesinos. La mesera de cuerpo voluptuoso les sirvió café. ¿Estás bien?, te veo muy desvelado. No es asunto tuyo, cagatinta. Zurdo, de veras, te busqué dos veces en tu cantón, sólo quería saber cómo estabas. Gracias. Pero ahora es la chamba, ¿está la Ministerial participando con la Marina y la Policía Federal en la búsqueda del Perro Laveaga? Cagatinta, no tienes remedio, eso debiste preguntárselo a Briseño, ¿yo qué chingados voy a saber de esos arreglos? ¿Entonces qué haces aquí con el equipo completo? Ya supe que vino Ortega y se regresó, ¿sólo desvelándote? ¿Conociste al detective Abel Sánchez? Cuando entré a *Vigilantes* se acababa de jubilar. Mataron a su hijo en el Parque Sinaloa y estamos investigando, es todo. Pero la ciudad es un hervidero de marinos. ¿Y qué, acaso no pueden andar libremente por el país? Quiroz permaneció quieto unos instantes oscilando la cabeza. No te queda cuando te haces pendejo. El Zurdo miró a la mesera que pasaba al lado. ¿Puedo desayunar? Claro que puedes, pero no te podemos invitar porque luego nos acusas de corromper a la prensa, pinche prensa está bien jodida. Voy al bufet, ¿te traigo algo? Estoy bien. Zurdo, me da gusto que estés de vuelta, de veras. No estés chingando, pinche Quiroz.

A las ocho, justo cuando apareció Gris con evidentes huellas de desvelo, entró una llamada de la doctora Fierro. El ex accedió a recibirlos ese día a las diez de la mañana porque a las once se iba a navegar en yate al farallón, ese subyugante montículo de piedra que se encuentra frente a Topolobampo en el Mar de Cortés y que es un referente en la zona. Quedaron de verse en la puerta de la Herradura.

Cuando el periodista los dejó, Mendieta contó a su compañera las aportaciones de la doctora Fierro: lo de Pedro era un amor concesivo, ella se podía ir con cualquiera y él también. Lo humillaba, a veces en público, y Pedro resistía, lo dejaba verla porque la niña lo adoraba; era muy loca, muy malhablada, pero nada sabía de armas y era incapaz de matar una mosca; Fierro me llamó justo cuando estábamos cenando pero tenía el teléfono apagado. Con razón está tan desvelado. Pues te ves igual, agente Toledo, no me digas que te tocó guardia. Claro que no, cómo cree. Gris miró a la concurrencia. Janeth piensa que probablemente el Grano Biz vive aquí, se deja ver de vez en cuando, Larissa le comentó que lo conocía pero no más. ¿Cree que él mismo se haya encargado de Pedro? Bueno, en el pozo encontraron dos pares de botas, quizás alguien lo acompañó. Mendieta bebió más café y Gris jugo de naranja. Aníbal, con una sonrisa, acercó al Zurdo un taco de machaca con tortilla de harina que no pudo resistir. ¿Se lo dirá a Sánchez? Tendríamos un muerto más, y Rendón quizás está comprometido. Están los federales, jefe, quizá no todos sean como los que nos atacaron anoche. Por si lo quieres saber, prefiero estar lo más lejos posible de esos cabrones, sé que hay buenos policías federales, pero ¿dónde están?, voy a informar al comandante y que él decida; podría enviar a Pineda, nuestro brazo justiciero en Narcóticos. Sonrieron.

Le marcó a Briseño, que por ser domingo estaba en su casa. ¿Cómo van? Le contó, no le agradó que Quiroz anduviera por ahí. Regresa a Montaño del descanso que no debiste darle, sus pupilos ya no pueden, ayer tuvimos seis cadáveres y hoy aún no recibo el reporte. En cuanto termine un curso que está impartiendo, necesitamos que el forense de Mazatlán sea más efectivo. Nada, lo quiero en Culiacán ahora mismo, no puedo disfrutar de una buena comida con tanto delito sin resolver; además, que yo sepa, los mazatlecos no han hecho ninguna solicitud. ¿Qué está desayunando? Un par de huevos estrellados servidos sobre una cama de tamal de elote, bañados con una crema verde ligeramente dulce, le he puesto tocino de pavo frito como contrapunto, y basta de distracción, ordénale a Montaño que regrese de inmediato. De acuerdo, comandante, esta tarde lo tendrá allí. Y no te tomes atribuciones que no te corresponden, los días de permiso nada más los autorizo yo. Está bien, ¿usted me avisa lo que acuerde con Pineda? Dejaré que lo resuelva a su manera, lo que significa que ya pueden regresar, ¿entiendes? Más o menos, ¿qué hacemos con Rendón? Déjalo tranquilo, es un viejo dinosaurio, amigo de todos los poderosos de la ciudad.

El Pargo Fierro avisó que los esperaran Joaquín y los guardias del parque en la comandancia y hacia allá se lanzaron.

El lugar se hallaba solo, dos agentes custodiaban las oficinas. En el estacionamiento el auto de Pedro envejecía, tendría que llamar a Sánchez para que lo recogiera. En una oficina tan pequeña como la suya, Gilberto y Rafael bromeaban. Sus caras acusaban moretones y una hinchazón excesiva. Veo que no se mataron. Poco nos faltó, expresó Rafael sin dejar de sonreír.

Ella es la agente Toledo, ¿qué hay del que se llevó los tenis? Joaquín sabe quién fue, y está aquí, al lado, señaló Gilberto. ¿Y qué pasó con la gringa? Se va a casar con los dos, expresó Rafael, sonriente, hasta que Gilberto le acertó un derechazo en un cachete que encendió la mecha y una vez más se trenzaron a puñetazos. Mejor los dejaron.

Un hombre de unos cincuenta años esperaba sentado en una silla de plástico. Su piel oscura se acentuaba con la luz. ¿Eres Joaquín? Depende de quién pregunte, podría ser Bachomo, algo sabía el detective de ese personaje. No creo, estás muy prieto para ser fantasma, soy Edgar Mendieta y ella Gris Toledo, detectives de la Policía Ministerial del Estado. ¿Están buscando al asesino de Pedro? Al parecer lo mató su novia. Eso dicen pero no les creo, la licenciada Carlón siempre defendió a los indígenas y le tenía pavor a las armas, hasta los arcos la ponían nerviosa. Después que lo mató se suicidó. Eso también es una completa falsedad, esa mujer amaba vivir, era como una diosa original, nacida para dar vida y no para quitarla, y menos a ella misma; cuando era temporada mi mujer y yo le traíamos pitahayas y nunca estaba de mal humor. Nos dijeron que el día del crimen oíste disparos en el parque y viste a dos tipos retirarse del pozo. Es verdad, eran flacos y jóvenes, pero no vi que cayera un cuerpo. ¿Antes has escuchado disparos en el parque? Varias veces, y jamás me he acercado a ver a quién balearon. El que se llevó los tenis, ¿es tu amigo? Uy, detective, esos tenis ya están en la sierra, vi a Buitimea en El Fuerte y me contó, ese viernes dormimos allá porque hubo boda; estaban nuevecitos y le quedaban al pie. ¿Buitimea vio al muerto? Dijo que sí. ¿Y por qué no llamó a la policía? ¿Está usted loco?, en vez de estar en la sierra vigilando su siembrita el pobre estaría preso y condenado, él simplemente agarró los tenis y se largó, alcanzó a llegar al baile. ¿Qué hacía en el parque, por la noche? Nosotros visitamos ese lugar casi todos los días, podría ser sagrado, y Buitimea vino en mi búsqueda para irse con nosotros a la boda, pero ya estábamos allá. Dicen que la licenciada Carlón tenía un amigo narco, ¿lo conociste? Permaneció un momento en silencio. Lo vi una vez con ella, le dicen el Grano. Al parecer tuvo que ver con la muerte de Pedro. Sonrió. Créanme, les deseo la mejor de las suertes, se puso de pie. ¿Seguro que nos ha dicho todo? Bueno, no sé si sea importante, ellos salieron por el bulevar, y al mismo tiempo, del estacionamiento que está al lado de donde yo estaba, por el rumbo de la biblioteca, se retiró una camioneta negra. ¿Viste al conductor? Cómo cree, no soy brujo. ¿Era Chevrolet? Nunca he sabido de marcas. Estaba chocada. Ésta no, se veía limpia y completa. ¿Buitimea se llevó el celular de Pedro? Sí, pero como no lo supo usar lo tiró al río. Le dieron las gracias. Pargo, ¿cuántas camionetas negras hay en la ciudad? Muchísimas, incluso yo tengo una. Entonces será como encontrar una aguja en un pajar; a propósito, ¿cómo es el Grano? Nunca lo he visto, pero dicen que es alto y grueso, debe tener cuarenta.

¿Mataría el Grano a Pedro en el parque y a Larissa en su casa cuando tenía dos semanas sin verla? El Zurdo empezó a dudar y se lo comentó a Toledo, que meditó un momento. Pudo mandar a dos de sus sicarios. Es coherente, flacos, jóvenes y de uno setenta de estatura, pero, ¿tanto tiempo después?, los tengo catalogados como personas impulsivas y pendencieras, como Samantha Valdés, conservo la impresión de que nada planean a largo plazo, que viven al día. ¿Sabes que Samantha me ha llamado dos veces aquí?, no lo entiendo. Quizá lo aprecia más de la cuenta. Mmm, Gris veía otra mujer que se preocupaba por el Zurdo pero no lo quiso comentar. El resto del viaje a la Herradura lo hicieron en silencio, escuchando a Frankie Valli, "Can't Take My Eyes off You".

25

Los sicarios arribaron sin novedad a la casa blanca. Contaron su encuentro. El Grano mentaba madres pero el Perro Laveaga estuvo meditativo, seguro de que aquello no era circunstancial. Hablaron unos minutos del tema pero luego se olvidó. El prolongado encierro tenía a los jóvenes sicarios desesperados, pensando en sí mismos y sin mayor interés por quedar bien con los jefes; sin embargo, nada dirían, habían recibido la oportunidad de su vida y no la malgastarían.

La mañana del domingo se hallaban tranquilos, conversando.

¿Algo de miedo, dices?, le tengo un chingo de miedo. Siempre que le doy piso a un cabrón, pienso que la estoy matando a ella, la veo en la cara del muerto.

Yo ni me acuerdo, lo único que tengo claro es que a todos nos va a llevar la chingada.

He platicado con batos que la adoran y, pa' qué más que la verdad, no los entiendo.

Yo tampoco.

Para mí sería como adorar un cadáver.

Bebieron.

Qué pinche tema, ¿no?, ¿qué no habrá otra cosa menos espeluznante de qué hablar?

De viejas.

Es el pinche tema eterno.

Sonó el celular más grande. El Perro Laveaga observó la carátula y lo tomó.

Es Platino, hasta que se acordó de nosotros el cabrón.

¿Qué onda, viejón? Vi que marcaste, pero anduve muy ocupado con el nacimiento de mi hijo número setenta y dos, nació anoche, la madre se vio muy grave pero ya está fuera de peligro, lo mismo el niño. Qué bien, felicidades, ya estás completo para fundar tu propio país. No es mala idea, y este año me nacerá el setenta y tres, si Dios quiere, con el que superaré a mi padre; oye, supongo que me llamabas por lo de tu asunto. Es correcto. Nuestro representante verá a la persona indicada el lunes y acordaremos lo que falta, así que no te preocupes, pero no estaría de más que regresaras a la sierra ahora mismo, ¿te llamó Titanio? Sí, y me dijo lo mismo que tú, así que tendremos que abandonar esta linda ciudad, ¿podrías conseguir que nos reciban con un becerro tatemado?, queremos celebrar. Cuenta con eso, de unos doscientos kilos, ¿te parece? Perfecto. Antes de que cortemos, hay dos cosas que nos tienen francamente acongojados. Silencio breve. Suéltala, viejón, porque yo tengo una, qué los mortifica tanto. Mataron al Cali Montiel y nadie ha movido un dedo, ni la prensa hizo su acostumbrado escándalo, eso debe tener una razón, pide al Grano Biz que vea qué onda con ese asunto. Cuenta con eso. Lo otro, hace tres días la Policía Federal le puso plantón a Daniela Ka, ella tiene muchos amigos, sobre todo por su programa de radio en el que hace unas tres semanas adelantó que harían una radionovela con tu vida, Laveaga no pudo evitar un conato de rabia. Era telenovela. Pues ella dijo radionovela y es lógico, trabaja en una estación de radio; el caso es que le pusieron plantón en su casa, alguien le dio el pitazo y se peló para los Estados Unidos. ¿Y eso por qué? Porque cree que le van a preguntar de ti y quiere evitar cualquier vinculación, dejaste de protegerla y se volvió vulnerable; pero hay más, ha declarado a la prensa gringa que va a hacer la radionovela y que vas a ser su socio; entonces la PGR quiere que les cuente santo y seña de la relación entre ustedes. Ándese paseando, pues que les cuente la pinche vieja, me vale madre, además tengo tiempo sin verla. El gesto de rabia se afirmó. Quería que lo supieras, si tienes una tele enciéndela, sale a cada rato, también fotos tuyas. Chingada madre, y anoche la Marina atacó a dos de mis hombres. ¡No me digas!, ¿sabían que eran tus hombres? No creo, les hicieron el alto y no se detuvieron. Ah, eso no debe suceder, quedamos en que cero agresiones mientras negociamos. ¿Crees que eso de Daniela afecte el convenio para que dejen de perseguirme? Por supuesto, ya le subieron de cinco a diez millones de dólares. ¡Qué!, hijos de su perra madre. Su respiración se engrosó. Mira, Perro, ya ni llorar es bueno, autoricé a nuestro negociador que no se detenga por eso, espero que no tengas inconveniente; es todo, y muévete, lárgate para la sierra de una buena vez, que hayan disparado a tus hombres es una señal que no debes ignorar. Quieres decir que la situación está al límite. Exactamente, ¿cómo se ha portado el Ostión? Igual que siempre, ya sabes que nos detestamos amorosamente. Ayer tuvo un altercado con el Zurdo Mendieta, un policía de Culiacán al que Titanio adora, le he llamado para advertirle que se ponga trucha, que ese territorio es sagrado, y no me contesta, si lo ves, dile que me marque y de lo que se trata. Se lo diré, gracias, viejón, y que todo vaya bien con tu mujer y tu hijo setenta y dos.

El Perro Laveaga quedó pensativo, ¿cómo es posible que tantas cosas se movieran sin su consentimiento? ¿Qué le pasa a esa pinche vieja, acaso no fui claro cuando le dije que ya no quería nada con ella? Y ahora se va al gabacho y sale con su pinche batea de babas. El Grano lo observó y preguntó en voz baja:

¿Todo bien?

No sé, más bien creo que andamos valiendo madre.

¿Le sirvo de nuevo?

No.

El Grano lo contempló: rostro abotagado por el alcohol y la coca y supo que algo se estaba saliendo de cauce y que implicaba a Daniela Ka.

Prende la tele.

Subieron al segundo piso, era un domingo lluvioso, a una señal el Minero encendió la pantalla de plasma pero sólo había noticieros y deportes en todos los canales.

Laveaga sintió como si las paralelas del mundo se cerraran.

26

El ex de Janeth Fierro era un hombre alto, fuerte, bien parecido, de carácter irascible. Su casa, de dos plantas, daba al parque. Los recibió de mal humor. Pedro Sánchez era un pendejo y yo jamás me ocupo de los pendejos, expresó en la puerta misma de su residencia, indicando que no los invitaría a pasar. Veo que se conocían a fondo, Mendieta lo miró a los ojos, Janeth se puso pálida por la cólera y Gris observaba desde atrás de su jefe. Te equivocas, lo último que haría en mi vida sería ocuparme de esa clase de sabandijas, estoy seguro de que te acuerdas, Janeth. Por favor, Jorge, prometiste recibir a los detectives. Pues cambié de opinión, así que pueden largarse por donde vinieron. La puerta era negra. Está bien, si no quiere hablar con nosotros no tiene por qué hacerlo, sólo me intriga una cosa, hace unos días que estudiábamos el sitio en el parque donde encontraron el cadáver de Pedro Sánchez, usted nos observaba desde su ventana, cuando le puse atención se retiró, ¿por qué? ¿Yo, de dónde sacas eso, imbécil?; ni me interesa el muerto ni tengo la costumbre de mirar al parque, veo que quieres tenderme una trampa pero no voy a caer, no creas que soy esa clase de idiota. Janeth miró a los dos sin concluir nada. ¿Podríamos pasar? Inquirió la doctora. Claro que no, a mi casa no entra basura, y tú, no es aquí donde tienes que buscar, tu mediocridad como detective es evidente. Cerró con violencia. Janeth, desconsolada, se encaminó al estacionamiento. Espera, ¿conoces al vecino de tu ex? Sí, es vecina, una mujer intratable. ¿Por qué está tan enojado el capitán Garfio? Se enteró de que anoche estuve contigo. No puede ser. Lo mencionó cuando le llamé, dijo que nos recibiría sólo para conocerte. Toledo tocó la puerta de la vecina. Los Mochis no es un pueblito, ¿cómo puede ocurrir eso? Frecuentamos los mismos círculos y lugares, ¿seguro que lo viste en la ventana? Vi una sombra, podría haber sido Bachomo. Jorge se ha convertido en un hombre pendenciero, cuídate porque debe estar investigando tu pasado. Qué hueva, espero que no descubra que me caí de la cama cuando era chiquito. Gris interrumpió. Jefe, ¿quiere venir?, no va a creer quién me abrió.

Rafael sonreía en la puerta. ¿Aquí vive la gringa Fairbanks? Miss Fairbanks, por favor, ironizó Janeth, que de inmediato se marchó al hospital en donde estaría hasta las cinco; la requerían en urgencias. Le confió al Zurdo que trabajaba de más porque había hecho permutas para el jueves siguiente salir de vacaciones por más tiempo; visitaría por primera vez Los Cabos, en Baja California Sur, y tenía mucha ilusión; se quedaría una semana. Estás invitado, detective. Pensé que pasabas vacaciones en Estados Unidos. Ya te dije, le presté dinero a mi padre para su terreno y me quedé sin fondos suficientes, además quiero conocer La Esperanza, me han hablado maravillas de ese hotel. El cuerpo aceptó entusiasmado la posibilidad, pero Mendieta dijo que lo consultaría con Nicole. Bueno, pinche Zurdo, en serio, no tienes remedio; hay gente que nace para vivir equivocada y ahí estás tú. ¡Ya!

Adelante, detective, invitó Rafael sonriendo, igual que siempre; era blanco, de rostro felino, afeitado a la moda metrosexual, lucía una mejilla inflamada y una ceja con costra. En una sala acogedora la gringa Fairbanks esperaba, vestía bermudas caqui y una blusa rosada, debía tener sesenta años y estaba muy bien conservada. El guardia le explicó la misión de los policías, escuchó atenta y les pidió que se sentaran. Antes de hacerlo Mendieta constató que desde su ventana la vista del jardín era inmejorable, el pozo se veía perfecto. ¿Gustan agua o cerveza? Rafael se instaló en anfitrión, le dieron las gracias. Ustedes dirán, expresó la mujer, con voz suave. ¿Conocía a Pedro Sánchez? No tuve el gusto, como dicen ustedes. ¿Fue usted la que divisé el mediodía del miércoles desde el pozo? Los vi a ustedes allí y a otros señores que levantaban huellas como en las películas. La noté cuando se retiró de la ventana, ¿por qué? Hacía diez minutos que los observaba y ya tenía suficiente; les puse atención porque hay dos momentos en que miré a la víctima; no lo conocía y tampoco imaginé lo que pasaría, pero de que lo vi, lo vi; tenía planeado ir al súper y estaba en eso; por la ventana observé a tres hombres que caminaban muy juntos hacia el pozo pero no distinguí a nadie, fue algo fugaz; me marché, cuando iba por el estacionamiento rumbo a la salida escuché tres disparos, nunca sospeché que vinieran de los hombres que había visto caminando; en Ley encontré a Rafael y quizás una hora después regresé a casa con su compañía. Me asomé por la ventana y reparé en que un individuo le quitaba los zapatos a otro que estaba tirado dentro del pozo y partía apresurado hacia el lado de la biblioteca; entonces relacioné los disparos con eso y llamé a la policía sin identificarme. Gris y Mendieta estaban sorprendidos, lo mismo que Rafael que se tocaba el cachete hinchado. ¿Llamaste a esa hora a la policía? Así fue; Rafael, ¿te acuerdas que fuiste al baño cuando llegamos? Sí. Pues en ese momento lo hice. Ellos dicen que alguien les avisó a la mañana siguiente. Bueno, si no acudieron, quizás otra persona les llamó también, desde muy temprano la gente viene a caminar, pero yo les avisé como a las nueve de la noche. Mendieta se puso de pie y caminó hasta la ventana. Dos de los hombres vestían de color claro. Es verdad, los tres eran delgados, el otro llevaba ropa deportiva. ¿Distinguiste algún rostro? Realmente no, la segunda vez estaba muy oscuro y el que tomó los zapatos se fue muy rápido. Cuando abandonaste la Herradura, ¿no viste a los dos hombres que estaban en el pozo, los de ropa clara? Si salieron por aquí no los distinguí, y yo camino muy rápido. ¿Conociste a Larissa Carlón? Claro, fue esposa de un amigo mío, pero nunca llegamos a intimar. La policía cree que ella mató a Pedro y luego se suicidó, ¿recuerda haber visto esa noche a una cuarta persona? No había ninguna persona cerca, al menos nadie se veía. ¿Cree que Larissa fuera capaz de asesinar a alguien y luego quitarse la vida? Mire, las mujeres somos imprevisibles, un misterio que jamás se resolverá; así que pudo pasar cualquier cosa, aunque a mí no me lo parezca, puedo agregar que ella era muy pacífica y encantadora.

Una cosa era clara, concluyeron los detectives: los asesinos de Pedro eran dos y ninguno era el Grano Biz, ¿enviados por él? Se lo tendrían que preguntar. Les dieron las gracias y se despidieron.

Empezaban a considerar las maneras de encontrar al jefe narco cuando entró una llamada del Pargo Fierro. Detective, olvidé decirte que hoy es domingo y no imprimen fotos; como Orozco no respondía mis llamadas fui a buscarlo a su casa para ver si me soltaba algo y lo encontré muerto, lleva al menos un día, no había ningún informe sobre el análisis que le encargamos. No chingues. Mendieta lamentó que Fierro no le diera las fotos a tiempo y que hubiera olvidado insistir. Pinches milagros del *whisky*, discurrió. ¿Crees que fue un asesinato? Tiene un tiro en la cabeza y suicidio no parece, que yo sepa nunca disparó un arma, estaba vestido de mujer, así que empezaremos la investigación por ese sector. ¿Vejaron el cuerpo? No se nota, esperemos el informe del forense, aunque no muestra maltrato físico. ¿Hallaron el sobre con la tarjeta? Tampoco, la habitación está más o menos en orden. Pobre tipo, pide a uno de los muchachos que venga por nosotros, estamos frente al Museo Regional del Valle del Fuerte. Jefe, tampoco hemos hablado con Mendívil, no nos ha buscado como prometió, ¿se estará escabullendo? Justamente me da esa impresión.

Orozco vivía en la colonia Scally, un sector de familias con empleos bien remunerados. Dos técnicos trabajaban, habían encontrado una ojiva debajo de la mesa. Robles y Mendívil escudriñaban la casa. Debió estar sentado cuando le dispararon por detrás, de arriba, porque la bala entró por la coronilla y salió por la barbilla, informó Fierro. El forense pasaba el domingo con su familia en Camahuiroa, una hermosa y apacible playa, y llegaría en un par de horas. Sobre una credenza ubicó la bolsa con las botellas. Mendieta se acercó a los policías. Orozco tenía una mochila negra, ¿apareció en algún lugar? No detec-detective, conozco esa mochila, allí traía siem-siempre su laptop. ¿Podrías acompañarme al carro?, murmuró Gris Toledo al policía, que la miró con cierta desesperación pero se adelantó a la puerta. ¿Por qué no nos has buscado? Porque si el coman-comandante cerró el caso es que es caso cerrado. Pero estuviste de acuerdo en que no habían investigado. Mire, detec-detective, si me sal-salgo del huacal me corren, y este tra-trabajo me gusta. Está bien, ¿tienes idea de quiénes fueron los asesinos de Pedro?, se trata de dos tipos flacos, con botas y vestidos con ropa clara. Le di-digo que no sé. ¿Y el de Larissa Carlón? Si yo investigara empe-empezaría por sus enamorados, son le-legión. ¿El Grano Biz? Era uno de-de ellos; disculpe detective, pero no pue-puedo ayudarlos. Está bien, sólo describeme la habitación de Larissa cuando arribaron al lugar de los hechos. Era muy tar-tarde, llegamos cada quién por-por su lado, el teniente Fierro fue el pri-primero, tomamos las fotos y lo que vi-vimos lo pusimos en el informe; disculpe no tengo más que decirle. Dicho esto regresaron al interior de la casa.

Los detectives observaron la pequeña habitación, seguramente el laboratorio del muerto, sin encontrar nada de su interés. El resto de la vivienda no les ofreció nada. No hay un solo indicio de que hubiera hecho el trabajo y tampoco hay violencia, comentó el Pargo Fierro. Mendieta observó, dudaba que hubiera sido así pero no quiso comentar, después de todo Fierro lo conocía mejor que él. Quien haya sido se nos adelantó, él tenía algo que decirnos. ¿Pero quién? Ojalá lo sepamos pronto, luego fue a la sala y tomó la bolsa negra con las botellas que esperaba en la credenza llena de cerámica diversa. Justo en ese momento entró una llamada de Abel Sánchez.

27

Daniela Ka era realmente hermosa y en la tele se veía perfecta. Laveaga la contempló y el coraje se le bajó al instante. La chica se desenvolvía perfectamente, explicaba las razones de su salida de México sin comprometer a nadie y el proyecto que la había llevado a conocer al hombre más impactante del momento: el Perro Laveaga. Su cabellera ondeaba como una bandera sin sangre.

Se hallaba sentada al lado de una entrevistadora de cara restirada y simpatía extrema que se veía un poco grotesca.

Daniela, sabemos que usted es una personalidad de la radio en México, sin duda esto le dio la confianza suficiente para acercarse al mito que es ese señor tan renombrado.

Nunca lo vi así, para mí era un ser humano cuya vida podría tener interés para el gran público de la radio. Su historia es un producto que es posible vender y así se lo expliqué.

¿Pensó contarla desde la niñez y luego todos esos episodios tan espectaculares que se cuentan, hasta que se convirtió en la figura actual?

Su niñez es parte del proyecto, aunque la gente lo que más desea conocer son esos episodios que mencionas, que fueron momentos que cambiaron su vida radicalmente; cómo de ser un joven campesino sin un futuro promisorio escaló hasta las alturas en las que se encuentra en la actualidad.

Sin duda será un tiro cuando la transmitan.

La haremos muy bien para que eso ocurra.

¿Cree que las radionovelas volverán a ser del gusto del gran público?

Ya están ahí, y dado el personaje principal de la mía, creo que rápidamente estará en el gusto de todos.

¿Le preocupa que puedan cuestionar sus fuentes de financiamiento?

Claro que no, quiero ver quién es el guapo, o la guapa, que tira la primera piedra.

También se habla de un romance.

Imposible, soy una mujer de negocios y jamás meto el sexo en el dinero; así que nada de romance. Todas las veces que me reuní con él hablamos estrictamente de su vida. En algún momento le propuse que grabara un par de capítulos, para que la gente conociera su voz, pero se negó, me pidió que todo lo hiciera un actor; como puedes ver es una persona muy discreta.

¿Y ya tiene al elenco?

Estamos en eso, lamentablemente aún no lo podemos anunciar.

Cuando lo dé a conocer esperamos que sea en ésta, su casa; realmente es un proyecto muy atractivo que despierta nuestra curiosidad y seguramente la de nuestra audiencia.

Espero no retrasarme demasiado.

Pues le deseamos lo mejor, que el asunto de su salida de México se aclare y pronto podamos escuchar la vida de este personaje tan misterioso y a la vez tan reconocido; todo mundo habla de él. Además se escapó de Barranca Plana, una de las prisiones más seguras del mundo.

Es grandioso.

Subieron una foto de las instalaciones del penal, otra del capo, y mandaron a comerciales.

El Perro no sabía qué pensar, quería matarla pero comprendía que Daniela le había ganado la partida.

Pinche vieja, es una cabrona, expresó, y disparó contra la pantalla que voló hecha añicos.

Está más loca que su puta madre.

Luego guardó silencio. Su rostro era un abismo gris. El Grano y los dos vigilantes lo observaban sin saber qué hacer. Una cascada lejana se hizo audible. Pensó un momento, se fajó la pistola y le marcó a Platino, que contestó al momento. Perro, te hablo en media hora. Su voz era un botón rojo.

28

Bolsa en mano, Mendieta salió del domicilio para responder el celular. Sudaba a chorros. Estaba nublado y el calor había subido. Algunos niños observaban el movimiento sin hacer demasiado escándalo. Viejo, ¿ya le llevaste las calabazas a Ger? Sánchez se sorprendió. No, aún no, pero mañana a primera hora se las llevo, ¿cómo vas, Edgar? Pronto podré darte detalles, y quien sea va a pagar por ello, te lo prometo. Disculpa, ¿no vas muy despacio? Soy lento, debes recordarlo. Es verdad, ¿seguiste la línea de la novia que te sugerí? Es lo que nos ha hecho avanzar, pero bien sabes que nunca canto victoria hasta tener los pelos de la burra en la mano. Lo sé, disculpa Edgar, pero a veces me desespero y quisiera que el culpable empezara a pagar su crimen. Estamos cerca, el Peri recibió una amenaza escrita, como lo hacían antes, encargamos a un técnico que identificara las huellas en el sobre y en la tarjeta y lo mataron de un balazo en la nuca; estamos en su casa, donde ocurrió. Alguien que tiene vela en el entierro lo supo y tomó medidas, Edgar, ve con cuidado. Esta víctima acostumbraba vestirse de mujer para salir por las noches. Mmm. Fierro va a interrogar homosexuales. Reflexiona, Edgar, eso del tiro en la cabeza no apunta para crimen pasional, esos son de profesionales.

Lo tenemos contemplado, viejo, no te preocupes, y pronto te daré noticias. ¿En qué estaba metido mi hijo que le disparó un profesional? En nada que te avergüence, viejo, de veras. Gracias, Edgar, estaré esperando tu llamada, y en este caso, no vayas por la ruta del amor, sigue la del arma. Lo haremos. El Zurdo quedó pensativo. Ni el *whisky* me hará olvidar que hay una ojiva de buen tamaño, podría ser de 38. Gris y Fierro lo alcanzaron. Voy a ocuparme de esto, detective, expresó el Pargo. Era nuestro compañero y no debe quedar impune. No dejes que Rendón cierre este caso también. Sonrisa agria. No lo hará, le caía bien Orozco; me hubiera gustado participar en la captura del Grano Biz pero no podré, vayan con cuidado, lo que sí, por cualquier cosa pueden llamarme, estaré al pendiente. Lo haremos, suerte aquí también. Fueron en silencio escuchando a Elvis Presley: "Always on My Mind".

Mendieta contó a Gris la propuesta de Sánchez de buscar la pistola 38. ¿Cómo ves? El orden me genera una clase de sospechas muy distintas a las que me provoca el desorden; pienso que Orozco conocía muy bien al que le disparó, por eso le dio la espalda. Si lo recibió vestido de mujer quiere decir que había confianza. O era alguien de su grupo de travestis o uno a quien conocía perfectamente y que sabe disparar. Un conocido del vecindario. Se llevó su bolsa negra con todo y laptop. ¿Quién podría hacer eso? Una persona que sabía lo que estaba buscando. Orozco le temía. Y apareció antes que nosotros. Dejó la ojiva bajo la mesa. Las cuatro vecinas que interrogué no vieron a nadie ni escucharon el disparo, incluso se sorprendieron cuando las enteré del hecho porque se llevaba muy bien con todos. ¿Algún carro estacionado? Nada que les llamara la atención. Un profesional usa silenciador y no recoje ni ojivas ni cascajos. Cierto. Si mandar amenazas escritas es cosa del pasado, se me ocurre que hay una persona de cierta edad involucrada en lo de Pedro y que contrató a los sicarios, ¿y el travesti? O un joven muy seguro de sí mismo que sabe sembrar falsas pistas. Orozco es parte de ese esquema. Entonces el Pargo tomó el camino correcto. Creo que sí.

Oscurecía. Se hallaban en el Santa Anita, una ligera llovizna enjuagaba la avenida Leyva. Llegaron allí después de enviar las botellas debidamente embaladas con un chofer de Tufesa, el transporte de pasajeros más veloz de la región, y llamar a Ortega para que las recogiera en tres horas en la central de autobuses de Culiacán. También compraron *whisky* y cigarrillos.

Me quedé pensando en Orozco; su asesinato puede ser un asunto de homosexuales, como apunta Fierro, pero si no fue así, me pregunto ¿qué conexión tendrá con los otros dos y con el Grano Biz? Los narcos respetan tan poco las leyes que no imagino al Grano robando pruebas, y ya sabes que las casualidades me dan hueva. Buen punto, jefe, ya entramos a la ruta del arma. No dejo de pensar en el Grano, pero, ¿cómo encaja el asesinato de Orozco en esto y ese tiro limpio en la coronilla? Supongo que no podremos saberlo hasta interrogar al Grano. Callaron, por un momento cada uno se encontró en sus pensamientos, el Zurdo emitió una sonrisa fría. ¿Cree que el comandante Pineda encare este asunto? Como ya dijiste, está lejos, tendremos que buscarlo nosotros. Gesto de preocupación en Gris, Mendieta no deseaba recordar a Samantha pero no pudo evitarlo. Jefe, nos estaremos metiendo en las patas de los caballos, ¿está consciente? No, pero es necesario ajustarlo, si se pone charrascaloso al menos cerramos el ciclo. Gris observó al detective, pensó: ¿será más obstinado que antes?, ¿será el alcohol ingerido?, prefirió no pensarlo. Sánchez no me dijo hace rato, pero lo noté bastante desanimado, aunque sigue confiando en nosotros, y en cuanto a Rendón no creo que nos conecte.

Por una gran ventana, protegida con una estructura de hierro, contemplaban los autos que avanzaban y tocaban el claxon. Bebían lo mismo. Pensé que esta noche vería a la doctora, que mañana regresaríamos temprano a Culiacán y que el comandante Pineda entraría en acción. Él lo hace justamente al revés, estudia cuidadosamente el terreno para no entrar en acción; así que primero encontramos al Grano, platicamos con él, le preguntamos por los dos hombres delgados y de ahí vemos lo que resulte. Es domingo, descansemos esta noche y mañana lo buscamos, si vive aquí seguro damos con él, ¿le parece? Bebieron un poco. Ya verás que no tiene coartada aunque le sobren pelotas para lo que sea; si Rendón lo dejó tranquilo, jamás pensó que alguien le quisiera preguntar sobre Larissa y Pedro. Había poca gente en el lugar, apenas una docena de gringos que habían regresado y en ese momento el chef les cocinaba el fruto de su pesca. ¿Qué haremos? Me ha llamado dos veces Samantha Valdés, si es gente de ella quizá nos facilite el acercamiento. Genial, iríamos muy bien recomendados. O algo clásico, me pareció escuchar que te gustaban las historias clásicas. Me encantan. Llamaron a Aníbal. Dicen que en cualquier ciudad del mundo los estilistas y los meseros son los que saben todo.

¿Cómo estás, Aníbal? Bien, gracias, ¿se les ofrece algo? Queremos conocer al Grano Biz, murmuró el Zurdo ante la mirada atónita del joven mesero, que hizo un gesto de A mí no me metan en sus cosas, y permaneció en silencio los segundos de Usain Bolt en noventa y nueve metros, acomodando los sobres de Stevia y las servilletas. Pedro era un muchacho que siempre me trató con respeto, les voy a traer su cuenta. ¿Nos corres? Mira qué cabrón. No, va a salir un señor con cuarenta quesadillas y un tóper de frijol yorimuni, lo siguen. Dicho esto se alejó.

¿Qué opina de las casualidades, jefe? Son increíbles, e indicadores de que uno no debe casarse con ninguna idea, aunque sea millonaria. Luego le voy a contar algo que pudiera ser casualidad y que lo va a dejar frío. Órale, el Zurdo pensó: Voy a ser tío y se sintió feliz. Sólo fumaré cuando ella no esté.

El Minero caminaba sin prisa, sostenía una bolsa blanca en cada mano. Olía sabroso. En el estacionamiento ubicado en la parte posterior del hotel lo esperaba Valente al volante de una Tacoma negra, último modelo. Los detectives se revolucionaron. Camioneta negra, señaló Rosario, la vecina de Larissa, camioneta negra saliendo a la par que los sicarios del parque, indicó Joaquín.

El Zurdo metió un disco en el estéreo y se escuchó al argentino Lalo Schifrin: "Mission: Impossible" y se sintieron motivados. El Zurdo había visto la serie de TV de 1988 y Gris la película con Tom Cruise. Jefe, ¿esa canción tiene letra? No que yo sepa. La Tacoma abandonó el estacionamiento y tomó la calle a velocidad normal, el Jetta salió y la vieron virar a la derecha en la siguiente esquina. ¿Y si llamo a Fierro? Gris, están cagados de miedo, además él está ocupado buscando al asesino de Orozco, que maldita la hora en que me olvidé de su llamada y la mala onda que nunca tuvimos sus fotos. El detective tomó su pistola de la guantera y la colocó entre sus piernas. Mendívil tiene mucho miedo. Semáforo en verde. A algunos les aterroriza mentir. Gris vestía pantalón de mezclilla holgado y una blusa azul de manga corta. Su Beretta palpitaba en su bolso. Estaban girando en la esquina cuando la misma camioneta de la Policía Federal se les atravesó. Chirridos. No chinguen. Frenadas. Qué poca madre. Dos agentes con pasamontañas saltaron de la parte trasera apuntando con sus fusiles. Quietos, las manos donde las vea. De la cabina surgieron el Ostión y el subalterno. Los otros autos se alejaron de prisa.

Sáquenlos del carro. El Zurdo colocó los seguros de las puertas de inmediato. Al no abrirse, el Ostión tomó uno de los rifles y de un culatazo rompió el cristal del lado del conductor, uno de los agentes se apresuró a bajar al detective, la Walther cayó en la calle y el mismo hombre la alejó de un puntapié. De igual manera procedió el subalterno en la otra puerta y sacó a Gris de los cabellos. Sal de ahí, pinche vieja, que tú y yo estamos entrados. Luego la llevó junto al Zurdo. Tú, pendeja, te quedas aquí, ordenó el Ostión a Gris. Jefe, esa vieja me la debe, el subalterno enseñó el brazo vendado. Deme chanza, ¿no? Ei, ¿qué les pasa, señores? El Zurdo empezó a temer lo peor. Cállate, pendejo, esta vez vas derechito al infierno, detective mis huevos, un pinche traidor es lo que eres y ahora no habrá quién te salve, el ayudante, que comprendió que no sería autorizado a levantar a la mujer, le conectó tan tremendo cachazo en la sien derecha que la tendió en el sucio pavimento. Sangraba. El siguiente fue para el hombro del detective que quedó todo turulato, intentó reaccionar pero los demás le cayeron a culatazos. Mierda de vida, mi padre era mecánico de tractores, trabajaba todo el día y generalmente llegaba a casa hecho polvo, tal vez por eso murió pronto, cuando yo era un niño de cinco o seis años, quizá por eso nunca nos pegó; en cambio mi madre tenía la mano muy pesada y nos daba con lo que encontraba; pero no me dolía tanto como con estos salvajes, malparidos. Los transeúntes paralizados. Lo lanzaron a la caja del vehículo, sangraba por nariz y boca. Gris en el pavimento, muy mareada y desconcertada por el golpazo. Al subir a la camioneta, el Ostión hizo un leve saludo a los de la Tacoma que se habían detenido a unos veinte metros del lugar, sorprendidos por la acción de los federales.

29

Tengo que hablar con Platino.

Jefe, las quesadillas están aquí, cuántas quiere.

Ando sin jaria, Grano.

Nada de eso, jefe, nos espera un largo camino y es mejor empezar después de una buena cena; también trajeron frijol yorimuni, que, como usted sabe, es el preferido de la gente de acá.

Está bien pues, dame dos y algo de frijol.

¿Tan poquito? Se puso a dieta o qué.

Jefe, cuando salíamos del hotel donde compramos las quesadillas pasó algo.

El Minero contó con lujo de detalles la aparición del Ostión con su gente y la manera en que sometieron a la pareja y se llevaron al varón.

Seguro estaban cogiendo.

Pinche Ostión, ya sacó para la cena.

No, los apañó a media calle, en el semáforo, a una cuadra del hotel, en medio de los carros, y estaban vestidos.

¿Seguro? Porque en estos tiempos la gente está muy echada a perder; cogen donde sea y como sea.

Oye, debo pasarle un recado al Ostión que le mandó Platino; Minero, ¿esa pareja los seguía a ustedes?

No creo.

Sólo se llevaron al bato, la vieja quedó tirada en el pavimento, agregó Valente sirviéndose.

Salimos del estacionamiento apenas habíamos dado vuelta en la esquina cuando pasó, quizás el federal los venía siguiendo porque se les atravesó; pienso que si hubieran venido sobre nosotros el Ostión ya estaría aquí cobrando su cuota.

Es un alhuate en el culo.

Márcale, ya tengo días con el recado.

El Grano Biz obedeció, pero el celular del Ostión estaba fuera de servicio. El Minero, Valente y tres más comían despacio pero con apetito. El Perro Laveaga resolvió que ésa sería la última noche allí.

Si el detenido no trae dinero suficiente ya podrá decirle adiós a su linda cara y a la mitad de sus costillas.

Es un policía muy cabrón.

Es sanguinario y vengativo, cuando entré en este jale el Ostión ya estaba jalando con Platino.

Toda persona que se dedica a este negocio nace con un policía gemelo; Grano, que coman los plebes de arriba, y ya estuvo suave, cabrones, mañana al amanecer pelamos gallo.

Hubo un minuto de silencio. Laveaga presentía que algo no estaba en su lugar aunque no sabía qué, aun así no lo tomarían desprevenido.

Jefe, tiene dos días sin tomar como Dios manda, usted sabrá por qué, lo bueno es que el *whisky* no se pierde, ¿eso de irnos ya está decidido?

Nos vamos, ya dije.

¿Dejaremos a tanta muchacha bonita en esta ciudad que nos acogió tan bien?

Creo que todos los hombres somos sustituibles, Grano Biz, así que no estés chingando con eso; ellas conocen el camino más corto para mandarnos a la chingada; y ustedes, ¿vieron a los marinos?

El Minero se apresuró a responder.

Sólo una camioneta, estaban comiendo tacos de carne asada con doña Chayo.

Al menos se alimentan bien.

Entonces qué, ¿le traigo a su morra para que lo despida?

Grano, márcale a Platino, hace rato que pasó la media hora.

Justo en ese instante llamaron a la puerta con energía.

30

Lo llevaron a una sala de interrogatorios de la Policía Federal, un tétrico cuarto de tortura utilizado por última vez en el movimiento estudiantil Yo Soy 132 y que estaban rehabilitando para los maestros que exigían una revisión de la Reforma Educativa, que el gobierno se empeñaba en imponer a punta de huevo gordo. Dos fortachones de rostros infernales lo recibieron con gestos de felicidad. Uno estaba reparando el potro. Camisas mojadas por el sudor. Al fin nos trajo algo, jefe, no olvide que de seguir así nos podríamos enfermar. Tranquilos, pronto tendrán trabajo de más, anunció el Ostión. ¿Qué debe confesar? Nada, nos pidió una buena calentada y hay que complacerlo. Al cliente lo que pida, ya sabe. Mendieta escuchaba cabizbajo, recordó que no le había llamado a Montaño para que regresara a Culiacán y se preparó para lo que pudiera venir. Debo salir airoso, no pueden conmigo, por más que jueguen a ser dioses no podrán doblarme, pinches putos. Nada como madrear inocentes, no paran de chillar y de preguntar por qué a ellos. Este cabrón hizo una acción que fue una burla para la Policía Federal, hizo quedar en ridículo y perder la vida al Trokas Obregón, un compa de ley, excelente policía, así que hay que trabajarle la memoria para que no olvide que con nosotros no se juega. Muy bien, al rato se lo mandamos como sedita. Pinche Zurdo, el caso es que siempre andas valiendo madre, reclamó el cuerpo. ¿Ya les viste la jeta a estos cabrones?, tristes las hienas a su lado, el detective no respondió. Compa, ¿conociste a ese güey? ¿A quién, al Trokas? Is barniz. No, ¿y tú? Tampoco, pero igual nos vamos a chingar a este cabrón, anunció el más fornido que vestía una camisa rayada, luego tomó al Zurdo de la playera negra y lo lanzó contra la pared. Crack. A ver, putito, vamos a ver qué tan gordos tienes los güevos. Oye, compa, ¿por qué no probamos el potro?, creo que está listo. Está bien, pero primero deja meterle unos chingadazos a este pendejo, hace mucho que no me ejercito. La picana está al tiro también, por si quieres probarla. El hombre levantó al detective que tuvo espacio para atizarle un rodillazo en los genitales. Uggg. Eso me lo enseñó el Gori Hortigosa, cabrones. Pues a ver si viene a sacarte de la chinga que te vamos a acomodar, pendejo, amenazó el del potro, que lo ató rápidamente de las manos. ¿No conocen al Gori? Ha de ser uno más tarado que tú, expresó el golpeado, que se le dejó venir como pitbull y lo derribó de un derechazo a la mandíbula. Las reglas del boxeo las inventó el marqués de Queensbury, suegro de Oscar Wilde, recordó el Zurdo. Relación que más bien lo avergonzaba. Vamos a subirlo al potro. Deja darle unas caricias más, que sepa que lo tenemos bien consentido, y le pateó el estómago. Uggg. Ya verás cómo estimulamos su memoria. Mendieta se retorció. Las reglas de boxeo las inventó el marqués de. Suficiente, compa, vamos a treparlo, veamos si esta cosa necesita otro ajuste. Tú y tus pinches inventos, le ataron los pies y las manos al mecanismo y empezaron a estirarlo despacio, cruujj, el Zurdo transpiraba y se quejaba ligeramente, escuchaba al cuerpo protestar. Cabrón, haz algo, diles lo que sea, me están doliendo de a madre las coyunturas.

Cruujj. Los torturadores observaban con avidez. El potro crujía. Habla, cabrón, diles lo que quieren oír. Qué chingón soy, compita, este potro es el más perfecto del mundo. Mendieta más pálido que nunca. Cruujj. Las reglas de boxeo las. Compa, sugirió el más fuerte, aprovechemos para probar la picana, parece que este cabrón aguanta machín. Ya vas, pero se la pones en los güevos hasta el final. De acuerdo, lo voy a preparar; le desabrochó el cinturón y el pantalón y le bajó el cierre, encendió el instrumento y lo llevó directo a los genitales del cuerpo restirado. Ayyy. El Zurdo comprendió que no podría mantener el control por mucho tiempo. Las reglas de. Espera, lo voy a restirar un poco más. Entonces se la pondré en el chicaspiolas hasta que se cague. Excelente idea. El aparato crujió atormentado. Mendieta trataba de respirar e imaginaba al torturador esgrimiendo la picana contra su ano, pero la sintió de nuevo en los genitales. Ouggg. Las reglas del boxeo las inventó el marqués de.

Entonces abrieron la puerta.

Queensbury.

Con eso basta, compas, ordenó el subalterno del Ostión. Bájenlo en chinga de esa madre. ¿Qué pasó?, apenas estábamos entrando en calor. No preguntes, pendejo, suéltalo y dale un trapo mojado para que se limpie la cara. El Zurdo respiraba grueso, se puso de pie tembloroso, se abrochó el cinturón, rechazó un pedazo de tela sucio; a una seña del federal los mismos torturadores lo limpiaron, el Zurdo intentó rechazarlos pero carecía de fuerzas. Dos cacas grandes vienen por ti, quieren hablar contigo, pendejo, pobre de ti si mencionas lo que te acaba de suceder. El Zurdo escupió sangre en los pies del que lo había torturado más. Estamos entrados, cabrón, y se volvió al del potro. Y ya veré que te metas tu pinche aparato por el culo, y empezó a caminar trastabilleando.

Los torturadores sonrieron, pero su sonrisa era mecánica.

Gris se sentó, se hallaba tan mareada que no se podía sostener. El asfalto estaba mojado pero había dejado de lloviznar. Un carro blanco se detuvo a su lado con los flashes encendidos, una joven delgada se acercó precipitadamente. Ay, señora, ¿le puedo ayudar? Se ve usted muy mal, ¿la llevo a la Cruz Roja? Gracias, no, aunque todo me da vueltas, sólo ayúdeme a ponerme de pie. Hablaba suave. Está sangrando. No es nada, por favor, siénteme en el carro, páseme mi bolso y la pistola que está allí, junto a la banqueta. Otros carros tocaban el claxon. La joven experimentó un ligero temor, ¿a quién estaba auxiliando? Bueno, era mujer y sintió que podía hacerlo; la detective lo percibió. Soy policía, no te preocupes, me madrugaron gacho. Soy maestra, abrió la portezuela y la ayudó a sentarse, la blusa azul manchada de sangre y suciedad, luego recogió el arma del Zurdo y lo demás y lo puso en sus manos. Me llamo Cin Castaños. Toledo guardó la pistola en el bolso y sacó el celular. ¿Segura que no quiere ver a un médico? Se me pasará pronto, gracias, Cin, de veras; soy Gris Toledo, detective de la PM, y ya me estoy sintiendo mejor. ¿Pasó el mareo? Más o menitos. Le debe doler la cabeza, su sien se ve herida y morada. Un poco, sí. Le voy a traer una botella de agua para que se lave la frente y otra para que se hidrate. Debes ser muy buena madre. Justamente voy por mis hijos, dos varones que aunque no se aguantan, son mi orgullo. Vaya tranquila, al menos ya puedo manejar. Estaciónese en el Oxxo mientras se repone completamente. Gris, en el asiento del conductor, recibió las botellas de agua y una sonrisa que correspondió. Gracias, Cin, estaré un poco más limpia para llamar. Buenas noches, detective. Luego marcó al Pargo Fierro.

No me digas. Lo golpearon muy feo y lo tiraron en la caja de la camioneta como si fuera un costal de papas. Quedaron de verse frente al museo Trapiche. Llamó también a Briseño pero no respondió. Estuvo tentada de marcar a la doctora Fierro del celular del Zurdo, que dejó sobre el freno de mano pero no se atrevió. Aún no se la habían presentado.

Mareada. Bebió un poco de agua y se lavó la cara. Su sien dolía. Pensó que debía liberar a su jefe a como diera lugar. Encendió el auto. Se escuchó "Mission: Impossible".

31

El Grano dejó la quesadilla a medio comer en el plato desechable y empuñó el AK-47. Sus hombres lo imitaron, el Minero y Valente se ubicaron a su lado. El Perro Laveaga desenfundó pero no se movió de su lugar. Un vigilante del segundo piso se apostó en la escalera con la pistola en la diestra, su compañero permaneció arriba, en una ventana, para evitar otra sorpresa. El Grano se acercó a la cortina, escudriñó con precaución, se volvió sonriente y pidió a uno de los pistoleros que abriera la puerta. Las muchachas beneficiadas una noche anterior se reían desparpajadamente. Se calmaron.

¿Está tu jefe?, preguntaron ansiosas.

Que pasen, ordenó el Grano Biz con una mueca.

Vestían minifaldas y estaban mojadas. No portaban medias, el maquillaje se les había corrido y se veían fatal.

Queríamos ver si al patrón se le ofrecía algo; de verdad somos buenas y estamos aquí para cumplirle sus caprichos.

El Perro Laveaga sonrió. Los otros continuaron comiendo.

Muchachas, váyanse a casa, ahora está lloviendo y de lo único que tengo ganas es de unas tortillas de harina con frijoles refritos; pero vengan mañana y ya me demostrarán de lo que son capaces.

Es un compromiso.

Las dos queremos con usted.

Excelente, ¿ya tienen más clientes entre los marinos?

Yo seis y ella siete.

¿Son de un grupo o de varios?

De varios, son montones los que andan en las camionetas y todos van a tener día franco. Otras compañeras también ya tienen su lista.

Vuélvanlos locos a esos cabrones; Grano, dales para el taxi.

No se arrepentirá, patrón.

En cuanto las chicas se marcharon Laveaga marcó de nuevo a Platino y esperó pacientemente a que respondiera. Listo, dime. Gracias, viejón; oye, ya oí a Daniela y está bien tumbada del burro. Mira, si algo he aprendido de las mujeres es que si las ofendes es muy difícil que finjan que no ha pasado nada, y se nota que Daniela te aborrece pero en serio, ¿qué le hiciste? La cacheteé. Pues ese chistecito te va a costar cinco millones de dólares, acabo de recibir la información de nuestro enlace en la Ciudad de México y dice que no están dispuestos a ceder. Creí que todo estaba arreglado. Nosotros también, pero el asunto de Daniela echó todo por la borda, y no se te ocurra emprender alguna acción contra ella porque los culpables seremos todos y ya hemos perdido mucho dinero por tus locuras. Pinche vieja, merece un baño de plomo. Nada, lo que debes hacer es tomar tus chiras y salir pitando de Los Mochis. Veo que no queda de otra, me dicen que hay marinos por todas partes. No irán contra ti mientras estemos negociando, no van a matar a la gallina de los huevos de oro, pero tienes que largarte. Lo haré, ¿cómo está tu niño? Muy bien, mañana lo dan de alta con todo y madre. ¿Estás en Los Ángeles? Y en la clínica de siempre, no estoy seguro pero creo que quince de mis hijos han nacido aquí. Apuesto a que te hacen descuento. Fíjate que no, lo que sí, cuidan muy bien a mis mujeres y eso es mejor que un descuento, ¿te ha vuelto a llamar Titanio? No. Te dije que tuvieras cuidado, que sus sugerencias eran órdenes. Lo que te puedo decir es que les voy a hacer caso, ya estuvo suave de andar en el desmadre. Se oye bien, ahora vamos a ver si das el primer paso, ¿le dijiste al Ostión lo que te encargué? Lo olvidé completamente, quizá me ayudó que no se ha parado por aquí. Ya no le digas, bueno, la próxima vez que hablemos espero que estés en un lugar más seguro. Yo también. Cortó.

El Grano Biz colocó su vaso en la mesa, el Minero tenía una cerveza en la mano y Valente bebía. Los demás en lo suyo.

Laveaga permaneció un minuto contemplando el teléfono. ¿Qué onda?, ¿para dónde apunta el viento? Su cabeza era un auténtico torbellino. De pronto le vino una imagen cálida a la mente que lo fue aflojando, aflojando, hasta convertirse en pregunta:

¿Y si le llamo a Daniela Ka?

32

Lo trasladaron a una casa cercana.

En una habitación semioscura el Zurdo esperaba esposado mientras dos jóvenes uniformados lo observaban sin hacer gestos ni preguntas. Espero que Gris esté bien, que el cachazo no le haya afectado más de la cuenta, más si está esperando bebé; en cuanto pueda tengo que llamar a Susana y que no se me olvide Montaño, que se reporte mañana lunes. Éstos no son el policía bueno y el malo, son un par de desgraciados más cabrones que la puta que los parió; si el comandante arregló mi bronca, ¿con quién fue?, porque no lo hizo con quien debía, casi me matan esos cabrones, y si me tendió una trampa qué poca madre; fue a mi casa a pedirme que regresara, él mismo dijo que estábamos a mano y que no había pedo con mis perseguidores, pero parece que no es así, y estos batos tienen una mirada de bistec achicharrado que no pueden con ella, me quieren amedrentar con sus ojos de sierpe, pero he visto ojos toda mi pinche vida: los de Bette Davis, los de la niña afgana en la portada del *National Geographic* y los de la doctora Fierro, que los tiene más bellos que las arenas de Cancún. Necesito un *whisky*, esos trogloditas me dieron machín, como para recordarlos el resto de mis siete vidas; no me va a creer el Gori

Hortigosa cuando le cuente. Uno de los agentes salió de la pieza y entró otro, cuarenta y seis años, mirada inteligente. Se sentó. Edgar Mendieta, violaste once leyes y todos los códigos de honor de la policía mexicana, además de faltar al respeto al Ejército, una de las instituciones más valiosas para mantener la paz en nuestro país; estás acusado de colaborar en la fuga de Samantha Valdés y te señalan en Estados Unidos como el asesino de la agente especial del FBI Win Morrison, ¿estás enterado? Quiero ir al baño. ¡Estás o no enterado! Mendieta observó el rostro pétreo y los ojos que echaban fuego, era el oficial que días antes, en el segundo retén de la Marina, revisó cuidadosamente su identificación y luego hizo un comentario. Además, cae sobre tus espaldas haber provocado la muerte del teniente de la Policía Federal César Obregón, conocido como el Trokas. Todo lo que me imputa es falso y no soy el asesino de Win Morrison. Su voz era baja pero firme, los golpes recibidos habían disipado cualquier temor. No respondas pendejadas, sabes muy bien lo que hiciste. Soy policía, y sé que una cosa perpetra el delincuente y otra la que declaramos que hizo. No quiero perder tiempo contigo, podrías purgar quince años en una prisión militar por tu proceder y después te extraditaríamos a Estados Unidos. Caray, ¿cómo se va a llamar el país donde hagan eso?, porque México no es y acabo de recibir una prueba; aquí cuando menos me echan el doble, eso si los agarro de buenas. El Zurdo tenía la cara mojada, sentía el sudor en su cuerpo magullado; el marino suavizó el gesto, casi sonreía. Hay una salida. Si el país va a ser recién fundado debe ser interesante. Si colaboras con nosotros te dejaremos libre al terminar el operativo. Volvieron a mirarse, el detective, inflamado y sucio; el marino, afeitado y perfumado. Mendieta se relajó un poco. Así que ésa es la onda, ¿para qué tanto brinco estando el suelo tan parejo? El otro marino continuaba impertérrito. ¿De qué se trata? Respondió justamente el silencioso, que era joven: Encontrar a una persona. ¿Sólo eso? Como puedes ver, no te pedimos gran cosa, expresó el mayor. ¿Ya fueron a Locatel? Si sigues haciéndote el gracioso te regreso con el Ostión y el Almeja. Gesto rudo. ¿Puedo fumar? ¿Ves que estemos fumando? Silencio incómodo. ¿Quién es? Es claro que sólo te daremos información si aceptas. Reflexionó unos segundos y advirtió que no tenía opción y que no podría poner condiciones, aceptaría y atraparía a los asesinos de Pedro Sánchez aunque ellos se opusieran. ¿Se trata de buscar a Nemo? El joven se puso de pie, lo tomó de la cara con una mano, que era una garra, oprimió y lo alzó unos centímetros. Aggg. Somos la Marina de México, detective, compórtese. Lo soltó, el Zurdo experimentó un dolor extraño, jamás lo habían levantado de esa manera. Por favor, Zurdo, deja de hacerte el interesante y acepta, es imposible que continúe soportando tanta inclemencia. Pinche cuerpo, no matas un chango a nalgadas, debería darte vergüenza.

Aunque la habitación era fresca el detective transpiraba. ¿Cómo me garantizan que respetarán el trato? El que incumple convenios eres tú, no nosotros; haces el trabajo y te damos tu expediente, no lo haces, vas directo a Barranca Plana. Dicen que allí hay buen clima y la tierra es blanda. ¿Seguro? Ustedes son muy fuertes y en los últimos años se han destacado por su efectividad en la lucha contra la delincuencia organizada, ¿cómo es que necesitan un sabueso con tantos defectos como yo? Veo que te urge otro repaso de los expertos del Ostión, expresó el mayor y se puso de pie. No sea tan delicado, señor, lo recuerdo bien plantado en el retén de la llegada. Miradas. ¿De qué se trata? Se sentó de nuevo. El policía joven le quitó las esposas. Mendieta se relajó. ¿Tendrán un poco de *whisky* por ahí? Los agentes, muy quietos. Se trata de que nos ayudes a ubicar al Perro Laveaga. Ándese paseando, el Zurdo reflexionó: quince años en Barranca Plana, con buena conducta podrían rebajarme dos, si me meto en esta onda puedo perder la vida en tres segundos y me quito de andar penando, pero chale, aún no estoy preparado para dar ese importante paso; tampoco me importaría echarme otro tanto en Estados Unidos, total, dicen que las cárceles gringas no son tan severas como las mexicanas, puedo aprender inglés, tomar bourbon y leer a Don Winslow en su idioma, voy a decirles que manden a un hombre rana. ¿En ese penal podré leer novelas y ver pelis? Los marinos se miraron, no revelaban sorpresa, Mendieta acercó sus muñecas al joven para que lo esposara de nuevo. Pensé que estaba hablando con un hombre. Pues se equivocó, soy un pobre pendejo, cobarde y corrupto, un poli de mierda que es la vergüenza de la corporación, una lacra. El de mayor edad endureció el rostro. Sé quién eres, cabrón, sé lo que has hecho y de lo que te has salvado, si fueras un pendejo jamás habrías rescatado a tu hijo secuestrado hace un par de meses, y menos hubieras resuelto el caso que involucraba al padre del presidente de los Estados Unidos en ese campo de caza. El joven hizo ademán de hablar pero continuó callado. Pues prefiero la prisión más inhumana a enfrentarme al guardaespaldas más pendejo de ese personaje, y ni me imagino en algo que tenga que ver con él; ¿por qué no manda a uno de los suyos? ¿Quieres que te diga la verdad? Dígame lo que le dé su rechingada gana, no me va a convencer, y voy a fumar aunque ustedes no lo hagan, extrajo su cajetilla arrugada, cerillos Clásicos, tomó un cigarrillo y lo encendió. Un aroma dulce llenó la pequeña habitación. Se acordó del doctor Parra que seguramente se salía de los restaurantes para fumar.

Soy el capitán Sauceda y él es el teniente Carrillo. ¿No tienen sed?, les invito un *whisky*; frente a los grandes problemas

Winston Churchill bebía, ¿por qué nosotros no? Cierra la maldita boca, detective. ¿Hay café?; ya de perdida. Sauceda echó una mirada a Carrillo que salió de la habitación, un minuto después regresó con un vaso pequeño de unicel, el Zurdo probó. Nescafé, me encanta, ¿y el azúcar? Traga eso y deja de hacerte el payaso.

Estamos detrás de él desde que escapó de Barranca Plana, no está en Estados Unidos ni en Centroamérica, no se quedó en la Ciudad de México ni en alguna playa, no anda viajando por las carreteras, no se mueve en avioneta. Si Ya Saben Cómo Soy Para Que Me Atrapan es un apodo muy duro para ustedes. Es un presumido, calificó Carrillo. Pudiera estar en la sierra, en alguna cañada con su antena parabólica, dicen que le gusta mucho la tele. Creemos que no, la sierra es para temerosos y a él le gustan las ciudades, el confort, comer bien, la cerveza, el Buchanan's y las mujeres bonitas; por cierto, Daniela Ka, a quien debes conocer, acaba de confirmar en Estados Unidos, lo había anunciado en México, que hará una radionovela con la vida del Perro. El Zurdo recordó que era amiga de Quiroz. Cada noche recorremos las calles, la gente como que no nos ve; mejor para nosotros, no podremos pasar desapercibidos pero sí hacer nuestro trabajo. ¿Sospechan que está aquí? Sólo sospechas, te necesitamos para estar seguros. Somos pacientes pero algunos jefes no; cada día recibo una llamada pidiendo prisa, pero la orden es seguir las indicaciones de inteligencia y nada más. ¿Quiénes son esos? Nunca los he visto, imagino genios observando a su alrededor, expertos en tecnología digital de última generación, trabajando tranquilos en una oficina en la Ciudad de México con su torta y su Sidral Mundet. Sauceda no continuó, advirtió que el Zurdo se distraía, que miraba su cigarro completamente ido. Entonces no te interesa. Estoy seguro de que ustedes tienen gente que lo puede rastrear mejor que yo, un compa que ame la patria, el maíz y los veneros de petróleo. Lo hemos seguido seis meses y se ha vuelto un espejismo, todos dicen saber dónde está pero es mentira; por más cabrón que sea no puede estar en todas partes a la vez; está en una, y mucho me temo que sólo lo puede encontrar alguien que conoce el medio y técnicas de rastreo; no fue fácil convencer a mis superiores de que podrías ayudarnos a cambio de limpiar tu expediente; por otra parte, la investigación policiaca no es lo nuestro. Puedo darles un curso. ¿Es tu última palabra? Is barniz.

Los hombres salieron, Mendieta encendió un nuevo cigarrillo y se relajó. Si veinte años no son nada, quince son tres cuartas partes de nada, ¿y saben qué?, tal vez conozca a algún cantante famoso, como Johnny Cash, que tuvo su experiencia en Folsom Prison; quizá me manden a una prisión abierta. Transcurrió una hora en la que sólo escuchó algunos pasos, el leve sonido de los minisplits y las protestas del cuerpo. Espero que después de esto quieras acompañar a la doctora a Los Cabos. Si Nicole acepta seré materia dispuesta. Cállate, pendejo, ya sé que vamos directo a Barranca Plana.

Empezaba a organizar su vida en la trena cuando entró el mayor Sauceda con un celular en la diestra que le acercó. Alguien quiere hablar con usted.

33

Fierro ocupó el sitio del copiloto y después de lamentar el estado de Gris propuso llamar a su hija para que le hiciera curaciones. Espere, ahora es más importante saber dónde se encuentra mi jefe. ¿Segura que fue el Ostión? Él, su subalterno y dos agentes más, ellos fueron los que golpearon al detective Mendieta. Al subalterno le dicen el Almeja y está loco; así que iban a buscar al Grano, comentó Fierro. Alguien lo tiene que encontrar pero eso ya no urge, ahora lo importante es rescatar a mi jefe de esos energúmenos. Gris se hallaba desesperada, había marcado de nuevo a Briseño y no hubo respuesta. Malditos domingos, todo mundo se vuelve transparente. El Grano tiene que caer, debe pagar por su crimen. Cierto, pero en este momento la prioridad es hallar al jefe. Voy a investigar dónde lo podrían tener y te llamo. Por favor, lo más pronto que pueda. No te preocupes, si fue el Ostión no son demasiados los lugares donde lo podría encerrar, ¿segura que no quieres que te vea Janeth? Después de esto la buscamos.

El Pargo Fierro se marchó en su patrulla, Gris permaneció afuera del museo, que estaba muy iluminado, escuchando "I'm Not in Love", con 10cc, y detectó el ominoso agujero negro en el que se encontraba. ¿Qué hago aquí?, voy a confiar en Fierro pero no tanto, que además debe andar con lo de Orozco; voy a buscar a Mendívil, si lo animo quizá pueda ayudarme sin demasiado temor a su comandante; en el lugar adecuado podría ser un excelente policía. Había tomado esa decisión cuando se oyó el Séptimo de caballería.

Diga. Pásame al Zurdo. Habla Gris Toledo, el detective Mendieta no está disponible. Dile que conteste, que lo busca la jefa mayor. Silencio con sabor a mordaza. ¿Samantha Valdés? Que conteste el Zurdo, muchacha chingada, no tenemos tu tiempo. Por favor, pregúntele si puedo hablar con ella un minuto, porque de verdad el jefe está en una situación muy comprometida. No quería que le temblaran los labios pero le temblaban. Tampoco que se le quebrara la voz. ¿Hablas en serio? Se los juro por mi madre. Deja ver. Largo silencio. Dime, agente Toledo, voz firme. Gracias, señora, fíjese que hace dos horas íbamos a detener a una persona; estamos en un caso en Los Mochis. Lo sé. Apenas salíamos del hotel cuando los federales nos interceptaron, golpearon al detective Mendieta y se lo llevaron; el jefe del grupo es un policía al que apodan el Ostión, con el que hace dos días tuvimos una bronca callejera; el agente Fierro, que nos ha estado auxiliando, cree que lo llevaron a los separos de la Federal pero apenas estamos averiguando. ¿La persona que iban a detener está vinculada con la Federal? No lo sé, más bien podría ser de los suyos. ¿De quién hablas, muchacha? Del Grano Biz, íbamos a detenerlo para interrogarlo cuando pasó lo que le cuento. ¿Dónde estás? Frente al museo Trapiche. ¿Y dices que Fierro fue a ver dónde lo tienen? Es correcto. Vete a tu hotel y no te muevas de allí hasta que yo te llame, vamos a ver si podemos liberar a ese cabeza dura. Gracias, señora.

En la casa blanca.

¿Estás seguro, pinche Ostión? Lo que te digo, Grano, segunda vez que me lo topo. ¿Y crees que anda tras mis huesos? Para mí que sí, según el Pargo Fierro buscan a los asesinos de Pedro Sánchez y Larissa Carlón. Ah, órale. A lo mejor te quieren hacer algunas preguntas. Pues no, que vayan y chinguen a su madre, yo no hablo con gente muerta, es de mala suerte. Pues ni te mortifiques, ese Mendieta, con la chinga que le acomodamos, no podrá salir en un mes. ¿Dónde lo tienes? Me lo quitaron los marinos, lo están interrogando, el bato tiene deudas con la justicia federal, es culpable de la muerte de un poli amigo mío y ayudó a escapar a una persona que tú debes estimar mucho. Mira nomás qué pequeño es el mundo; por cierto, escuché por ahí que Platino te quería pedir que no te metieras con él. Dile al jefe que no lo haré. ¿Cómo supieron los marinos que lo tenías? Un pajarito les informó, eso me dijeron. ¿Les creíste? El detenido traía a una compañera, no la quisimos apañar para que avisara a su comandante, seguramente él avisó a los marinos. Órale, pues cualquier cosa me llamas. Bien, y ahí te encargo, a esos rifles ya les tengo cariño. Cómo chingas, Ostión, ¿crees que cagamos el dinero? No, Grano, cómo crees. Pues entonces no estés chingando. Cortó y se quedó quieto, pensando que ése había sido el domingo más raro de su vida.

En ese momento, el Perro Laveaga se refocilaba con una de las chicas a las que le habían hecho su noche en días pasados. Era la que había tocado la puerta, la que ahora daba sensuales gritos en una de las habitaciones del segundo piso. La otra, mordiéndose los labios, observaba recargada en una pared sin experimentar el menor deseo.

34

Con la puerta semiabierta lo dejaron solo.

Mendieta, respondió. Te dije que si algo se te ofrecía me lo pidieras, Zurdo Mendieta, pero eres como tres en un burro, te pasas de cabrón; ahora te han dado tu buena calentada y te has puesto en una situación desventajosa. Lo dicho, reflexionó el detective. Los narcos están en todas partes. Buenas noches. ¿Te parecen buenas después de lo que te ha pasado? Mi infierno es el de Dante, Samantha Valdés. Me dicen que prefieres ir a Barranca Plana que colaborar con la Marina, ¿por qué? Tuvo el impulso de bromear pero prefirió ser formal. Ese tipo me da miedo. ¿Miedo a ti?, no me hagas reír, tú a lo único que le temes es a ti mismo, no te hagas pendejo. Pues si no me da miedo me da urticaria, y si alguien sabe que prefiero mantenerme al margen de los narcos, eres tú. Estás tumbado del burro, Zurdo Mendieta, loco de remate. Cómo sea, prefiero no tratar con ese cabrón, y ya imagino su posición si tú me estás hablando del asunto. La ropa sucia se lava donde se puede. Y las fieras acorraladas son indomables, por decir lo menos; y a propósito, ¿de dónde sacan que yo les puedo echar la mano, y contigo de mediadora? Bueno, ellos saben que nos conocemos y que nos llevamos bien. ¿Tú les comentaste? No precisamente;

te diré algo, Zurdo Mendieta, Briseño no pudo arreglar que olvidaran tus culpas. Me aseguró que sí. Pues te mintió; lo propuso, es verdad, pero lo batearon el mismo día que te incorporaste, y para serte franca nosotros tampoco lo conseguimos, ahora tienes una oferta que no deberías rechazar, el horno no está para bollos. ¿Lo negociaste? Cómo crees, aún no tenemos acuerdos importantes con esa institución, aunque nos estamos acercando; si te estoy llamando no es por ellos, es por ti. Increíble que lo estés haciendo. No olvides que jamás olvido a mis amigos aunque sean tan botarates como tú, y ésta es una larga historia, el padre de Sauceda y el mío eran amigos desde jóvenes; trabajaban en asuntos opuestos, pero claro, jamás perdieron la amistad; le marqué aludiendo a esa camaradería y me tomó la llamada. ¿Le marcaste? Hace unas tres horas hablé con tu compañera, ella me puso al tanto de tu situación. ¿Gris Toledo? Que yo sepa no tienes otra. Ándese paseando. El Ostión es gente nuestra, así que no me costó mucho llegar a Sauceda, y no te voy a engañar, me pidió que te convenciera. Samantha, no soy tu pinche marioneta, ¿cuántas veces quieres que te lo diga? Ninguna más, pero la vez pasada era yo la que estaba jodida y ahora eres tú el que está bocabajeado, y no eres ningún pendejo, no puedes aceptar, a tu edad, pasar quince años inútiles en Barranca Plana y otro tanto en Estados Unidos, ¿crees que se olvidaron de la muerte de Win Morrison?, pues no, fíjate; aunque digan que era una mujer enferma están esperando la oportunidad de cobrarse la afrenta, quizá querían deshacerse de ella, pero nunca aceptarán que la limpia la hiciera un detective mexicano. Pausa en la que el Zurdo no sabe qué argumentar, rápidamente comprende que maldecir no basta. ¿El Grano Biz es de tu gente? Ya me contó Gris, es un cabrón muy peligroso, así que les aconsejo que vayan con cuidado, andan con él pistoleros muy efectivos y muy eficaces. Me has dicho que siempre cuidas a tu gente. Pero él me ha faltado al respeto y eso no se lo tolero a nadie. Deseaba preguntar si el Perro Laveaga era de los suyos pero sabía que no venía al caso. Quiere decir que Los Mochis tiene un habitante de más. Con los ojos bien abiertos y sin dejarte llevar, Zurdo Mendieta. Dices que puedo contar contigo. Cabrón, te estoy llamando para que no pases el resto de tu vida valiendo madre, ¿quieres otra prueba? Al Ostión y a sus acólitos. Cuando termines esto, si sales vivo, me lo recuerdas. No sé si deba agradecerte. Se nota que no tienes madre, Zurdo Mendieta. Cortó.

Órale, ¿debo agradecer también su diplomacia devastadora? Chingada madre, me tienen de los huevos, cuál autodeterminación, la vida es una sola pinche línea recta y no hay para dónde hacerse, y la verdad, todos los caminos son amarillos; pobre Montaño, ahora sé que no tiene salvación. Qué bueno que Gris es una mujer ovariuda y no se achicó para hablar con Samantha.

Tres minutos después entraron Carrillo y Sauceda con un pequeño proyector, una botella de Macallan sin estrenar y dos vasos; el Zurdo advirtió entonces que estaba bañado en sudor. Sirvieron generosamente. Mendieta apuró su copa y cerró los ojos.

¿Creen que pueda hablar con Daniela Ka? No.

35

Era lunes, siete de la mañana: el Perro Laveaga no había dormido, se mantuvo despierto y activado, más que por la coca, por una vieja sensación de inseguridad. La que sentía cuando no era hombre de respeto y siempre esperaba lo peor. Cuando era un jovencito inerme en casa de sus padres, dos cuartos de ladrillo sin enjarrar y una miseria galopante por todos los rincones.

Jefe, no ha pegado ojo y tampoco quiso que nos largáramos, ¿qué onda?

Siento que un viento negro me envuelve y me deja sin ganas de nada, Grano Biz.

Me dijeron las plebes anoche una que usted no alcanzó el orgasmo y otra que no la quiso tocar, se me hizo raro, ¿le hicieron falta sus pastillas?

Tengo que hablar con Platino de nuevo, márcale.

El Grano Biz procedió. Escucharon el sonido del celular pero nadie respondió.

Quizá sea por la hora, es muy temprano.

O por el sereno.

Laveaga se puso de pie, fue a la ventana, oteó el exterior, el bulevar se hallaba lleno de carros que llevaban niños y jóvenes a la escuela y estaba nublado. Permaneció un minuto quieto y regresó a su lugar, bebió un poco de agua, tomó uno de los celulares y marcó. El Grano observaba al gran capo que esperaba nervioso con el aparato en la oreja.

Hola, crayola. Qué sorpresa. Sorpresa la que me has dado tú con todo ese salivero en la tele. ¿Qué tal me veo? Muy hermosa. Tenía duda si te iba a gustar. Pues ya ves que sí; oye, perdóname, aquel día se me botó el chango machín. Eras un gorila gigantesco, más grande que King Kong. Sí, dispénsame, he pensado en un regalo pero como mereces todo no doy con bola. No creo, siempre has sido muy imaginativo y a mí me sigue faltando financiamiento para lo que ya sabes. Pues cuenta con eso. Ahora tendremos un socio americano, ¿no te importa? Si tú lo decides, claro que no. Excelente. Tengo muchas ganas de verte. Ah, cosita, ¿de veras? De darte tus besitos. Se puede arreglar, sirve que allí finiquitamos el asunto de la sociedad, ¿podrías hacer el depósito hoy?; necesito rentar un estudio para la grabación y comprar equipo portátil para grabar tu voz en donde te encuentres. Cuenta con eso, en mi cartera debo tener el nombre de tu banco y el número de cuenta que me dejaste. Eres adorable, ¿sigues en Los Mochis? Is barniz. Extraño nuestros paseos en yate, los maravillosos atardeceres de Topolobampo. Si vienes, todo será paseo, te lo prometo. En cuanto deposites el dinero me llamas, mientras pacto con la PGR para que me dejen entrar a México sin contrariedades; sí sabes que quieren que les cuente de ti, ¿verdad? Lo sé, mi reina, si necesitas una mano de mis abogados, sólo tienes que decirlo. Gracias, papi, tu participación es fundamental en esto, y de verdad agradezco tu comprensión y confianza. ¿De cuánto estamos hablando? De lo que te dije la última vez que nos vimos, aunque el dólar ha subido, conseguí varios descuentos y no necesito más. Ya está. Ok, te marco por la mañana para decirte la hora de mi llegada a Los Mochis. Tengo ganas de acariciarte y de darte besitos ahí. Papi, me pones cachonda. Y de... Detente, por favor, aunque lo deseo más que nada, me lo dices cuando estemos juntos, ¿sí? Mi nalguita. Cortó.

Caminó un poco por la estancia tratando de controlar su entusiasmo. Su lugarteniente observaba asombrado cómo había pasado de una absoluta apatía y depresión a un estado de efervescencia deslumbrante en tan poco tiempo.

Grano, no me gusta esta casa, no sé qué pero algo tiene que me caga.

Usted dirá.

Vámonos al yate, o a otro lugar.

¿A la sierra?

Cabrón, ¿no me oíste? Mañana llega Daniela.

¿En serio?

Quiero algo donde podamos estar a gusto.

Si es luna de miel el yate está perfecto.

Pues no se hable más; oye, creo que debí operarme del pito, a ver si no me hace quedar mal.

¿Eso pasó anoche?

No, anoche me sentía quebrado, las viejas bien pero no me encendí; con Daniela es otra cosa.

Si quiere le hablamos al doctor.

Después, ahora no hay tiempo, manda a que me compren las pastillas y sírveme que estoy para celebrar, cabrón; tenemos que depositarle una lana pero me vale madre, esa mujer me trae enyerbado.

Hasta las cachas.

Me hace falta estar con esta cabrona para sentir paz; después nos vamos a la sierra o a donde sea, me vale madres.

¿Y su operación de pito?

En un par de meses, ya que se vayan los marinos, bajamos a eso y por más *whisky*.

Siendo prudentes, creo que es mejor quedarnos en la ciudad; sobre todo porque Platino no es muy claro con lo de su asunto.

Pero en otra casa, ésta no me gusta para recibir a Daniela, y hay que llamar a Platino de nuevo, necesito que le haga el depósito a mi vieja.

Como en cualquier lugar está el diablo, debemos ser aún más precavidos y no usar otra de nuestras casas de seguridad; Valente, sé que tienes una vivienda cerca, ¿nos la prestarías?

Encantado, jefe, voy a pedirle a mi chaparrita que nos dé chance unos días.

Excelente, necesito que salgan y vean por qué ruta nos podemos largar.

Allí guardamos la camioneta balaceada.

No hay bronca; Grano, muévete, si Daniela llama necesito decirle que ya le deposité y dónde estaremos.

El Grano Biz ordenó a Minero y a Valente que evaluaran el trayecto a la nueva casa y tomó el celular para marcar.

Afuera junio era una feria de cláxones rabiosos.

36

En una habitación próxima a la del interrogatorio, la Marina
había rentado una casa de dos plantas, lo esperaban Gris Toledo
y la doctora Fierro. Su cerebro era un remolino de arena y aún
trastabillaba. Sonrió al verlas, Janeth lo abrazó. ¿Qué te pasó,
fue la Scarlett? Esa maldita. Ay, con cuidado. Te han dejado
hecho una piltrafa, detective, pero eso lo arreglo yo, tenía un
maletín de médico sobre una mesa y se veía desvelada. La ventana daba a una lámpara callejera. Gracias, Gris. Jefe, qué susto
me puso, ahora entiendo por qué respeta tanto a su amiga, fíjese que como de rayo se ocupó del asunto. Mendieta afirmó.
¿Y Fierro? Está afuera, ¿quiere que lo busque? Esta playera es
un asco, Edgar, la cortó con unas tijeras que extrajo del maletín,
el Zurdo estaba mojado y no se le notaban los golpes. Agente
Toledo, un favor. Le pasó unas llaves. En la cajuela de mi carro
debe haber una playera amarilla que me queda muy holgada,
tráigala por favor, si le aprieta tendremos que pedirle una a los
marinos; pregunte a mi papá si trae alguna, es un Accord gris,
me estacioné atrás del Jetta. Voy por ella. Mendieta se dejaba
querer, sentía un enorme cansancio y todo ese dolor que no
creía merecer, pero veía a esa mujer de senos ardientes ocu-
parse de su lamentable estado y comprendía que no debía

quebrarse, no en esta circunstancia tan compleja como el país en que vivimos. A los buenos les había dicho que no y le importaba un bledo, pero a los malos les dijo que sí y aquí estaba, como una margarita deshojada, o despetalada, o como se diga. Recordó que por andar de pedo sólo leyó unas cuantas páginas de *Huesos en el desierto*, el libro donde Sergio González Rodríguez nos cuenta de las muertas de Juárez. Un cabrón bien hecho ese Sergio, seguro se cayó de la cama cuando era chiquito; ¿por qué lo recordaba? Quizá por el tratamiento del dolor.

Sauceda y Carrillo habían concebido un plan que con tres tragos de *whisky* entendió al dedillo. Cuando terminaron les manifestó: Genial, pero sólo son elementos para el efecto lechera. ¡Cómo te atreves! Carrillo se puso rojo. Mira, cabrón. Los ojos de Sauceda se incendiaron. Si te hemos buscado es porque eres el mejor, pero bájale de huevos o vamos a valer madre. Callaron el tiempo de Bolt en los cien metros. Está bien, yo lo encuentro y ustedes lo apañan, pero mientras eso ocurre me dejan seguir mis métodos y utilizar a mi gente. Sólo te hemos visto con la agente Toledo. A ella me refiero y eventualmente a uno o dos policías locales, uno de ellos el teniente Fierro. Sé quién es, la tarde en la que elegimos el hotel en el que nos hospedamos estaba allí con una chica; me estacioné, le obstruí la salida, me pidió que me quitara y como no le hice caso me gritó muy enojado y se identificó como policía. No me lo imagino de mal humor. Pues ese día echaba chispas, y hasta la muchacha se bajó, según ella disfrazada con lentes oscuros, a echarnos bronca. Qué pequeño es el mundo; entonces estamos de acuerdo, sólo faltaría agregar una cosa: detener de inmediato al Ostión y al dueto de bailarinas que lo acompaña. Breve silencio. Detective Mendieta, señaló Carrillo. No le permitiremos ningún acto de venganza mientras trabaje para

dido a Samantha y estaba sentenciado, ¿y el segundo? Era evidente que también había caído de la gracia de la capiza y lo entregarían al gobierno para que mostrara al mundo su efectividad en el combate al crimen organizado. Así se las gastan, y él estaba allí, bailando el mono de alambre como un pendejo.

Detective, ¿qué le pasó? Aníbal se quedó boquiabierto al ver que el Zurdo tenía los ojos rojizos y el rostro ligeramente tumefacto, además de un aspecto de zombie sin cabeza. Es una larga historia y como estás trabajando no tienes tiempo de oírla. Lo creo, y no se le olvide que yo no sé nada de nada, ¿quiere café? También un *whisky*, por favor. ¿Tan temprano? El *whisky* es como el amor, no tiene horario ni fecha en el calendario cuando las ganas se juntan. Suena bien, le prometo que lo pensaré, ¿y la detective? Al rato baja. Bueno, también le voy a traer machaca con huevo, que es lo que ella siempre le sirve. Llamó a la mesera guapa para que le llenara su taza de café. Mendieta reflexionó sobre el punto en el que se encontraban, le gustaba la posibilidad de detener al Grano Biz pero había algo que no entendía. Tres balazos a Pedro, uno a Larissa, ¿era posible? Sería el primer narco que a su parecer mataba con delicadeza, y el Perro Laveaga, ¿dónde se encontraba?, ¿se detendría en Los Mochis?, ¿podría escabullirse en una ciudad de trescientos cincuenta mil habitantes?, ¿estaban juntos él y el Grano? Un pinche caso para el Araña. Así que el Pargo es mujeriego y Janeth ni en cuenta; bueno, debe ser normal, es viudo y se ve entero. Los que se parecen un poco son Pedro y Montaño, inmersos en amores imposibles, ojalá y el doc controle esa onda.

Durante una hora meditó en cuatro asesinos que podrían ser uno, aunque Sánchez fue victimado con dos armas.

Miguel Castro lo sacó de su ensimismamiento. Buenos días, detective. Hola, señor Castro, estaba pensando en usted.

Dígame para qué soy bueno. Me han dicho que usted es un hombre muy influyente. Favor que me hace, aunque sin duda es un testimonio exagerado, pero si en algo puedo ayudar estoy a sus órdenes. También me dijeron que era usted muy servicial. Mendieta bajó la voz. ¿Conoce el nombre del Grano Biz? Creo que sí. Sabía que no me iba a fallar, ¿podría averiguar con sus amigos o en el registro público de la propiedad cuántas casas tiene en Los Mochis y sus alrededores? Castro se sentó, la chica le sonrió con coquetería y le sirvió café de inmediato. Tiene un yate en Topolobampo. Excelente, ¿y se llama? No tiene nombre, lo de las casas se lo investigo hoy mismo. Ese yate, ¿tiene alguna característica? No que yo recuerde, todos me parecen iguales, el Zurdo le pasó su celular y le agradeció. Y ya que está en ese escabroso asunto, ¿podría averiguar si el Perro Laveaga posee algo? Será un honor colaborar; dígame una cosa: uno de esos señores sería el hombre poderoso? Créame que nos matamos por saberlo.

Los marinos decidieron esperar que fuera hora laboral para detener al Ostión. Se situaron a cien metros del edificio donde la corporación tenía sus oficinas, una mole gris custodiada por dos agentes que se estaban durmiendo. Se apostaron en un punto que no era visible desde la puerta. A las ocho de la mañana apareció el torturador que reparó el potro, los marinos le hicieron señas para que se detuviera, Carrillo le pidió que bajara, le requisó el arma y el celular, le informó que estaba detenido, lo esposó y lo metió en una camioneta oscura que esperaba al lado. Un subalterno estacionó un Mazda del año en otra calle. ¿Por qué? Sólo hago mi trabajo. Cierra el pico, ya tendrás oportunidad de abrirlo, el hombre se recargó en el asiento. El interior estaba en penumbras. Olía a sudor. Un marino al volante y otro junto al detenido permanecían impertérritos, con sus armas preparadas. Veinte minutos después se presentó el fortachón, que siguió el mismo camino. No hizo preguntas, se dejó esposar sin protestar; lo consideraba gajes del oficio y no era la primera vez que le ocurría.

Cuarenta y cinco minutos después llegaron el Ostión y el Almeja, conversaban tranquilamente. Carrillo les hizo la parada igual que a los otros. El Ostión conducía, fue despacio hasta estar frente al marino, al que reconoció, y luego aceleró a fondo. El colmillo retorcido adquirido a lo largo de veinticinco años de servicio le indicaba que aquello no era normal, desde que diez horas antes le quitaran al prisionero vislumbraba arenas movedizas; había llamado a los torturadores y le extrañaba que no estuvieran en su puesto. Buscó al Pargo Fierro y tampoco respondió, y aunque no tenía la certeza del final del detective, sospechaba que no podría ser nada bueno para él, sobre todo por la manera en que se lo habían arrebatado y las relaciones que según el Grano Biz mantenía con la jefa mayor del cártel del Pacífico. Fuera lo que fuera no se dejaría atrapar.

Para cuando Carrillo se trepó a la camioneta, el Ostión había doblado la esquina y pronto los dejó atrás. La Marina carecía de un vehículo para correr en la ciudad, en cambio la camioneta del Federal, con motor revolucionado, era una gacela. Diez minutos bastaron para perderlos. Jefe, ¿en qué chingados estamos metidos? Tranquilo, Almeja, no pasa nada, la verdad es que los marinos nunca nos han querido, ya viste, anoche nos quitaron al detenido sin mayor explicación y ahora nos quieren a nosotros. Pues que vayan y chinguen a su madre.

En efecto, el Ostión conocía la ciudad y no se dejaría atrapar por la Marina; sin embargo, minutos después, frente a la plazuela 27 de Septiembre, los emboscaron. De una X-trail salitrosa salieron a relucir una bazuca, que perforó el blindaje de la camioneta que huía, y tres cuernos de chivo que masacraron a sus ocupantes. Uno de los sicarios puso pie a tierra, se acercó a la camioneta, que se incrustó en una barda de poca altura y dejó caer un pedazo de cartulina con un letrero: *Mi compa Cali rifa culeros.*

37

El lunes, una hora antes de que acribillaran al Ostión, el Perro Laveaga y sus hombres recibieron el informe de que la ciudad estaba a tope de marinos y que era riesgoso moverse. Aconsejaban permanecer en la casa blanca ya que había pasado desapercibida, pero el capo quería tener una reconciliación memorable con su chica y se mudaron a la casa de Valente, que convirtieron en nidito de amor. Emplearon dos horas en dejar el lugar al gusto del capo con colchón y sábanas nuevas.

Plebes, no quiero cochinero, la casa debe estar impecable para recibir a mi reina.

Recordó que ella le había preguntado: ¿Algún día estaremos solos?

Grano, cuando llegue Daniela, se van a ver qué puso la cochi, deja dos plebes de guardia en el surito, pero nada más.

Jefe, lo entiendo, pero puede ser peligroso.

En esta casa todo irá bien; no tiene nada que la delate; Valente, tienes un cantón igual al de tus vecinos; morros, aprendan para cuando hagan la suya.

La sala era pequeña pero acogedora, el refrigerador se hallaba a tope de cerveza, frutas, yogurt y agua purificada. Había un baño en la sala y otro en la recámara principal. Ambos tenían tina, con la particularidad de que la de la sala era la boca de un túnel que llevaba al drenaje. Valente era previsor, y aunque nunca lo había utilizado, le gustaba contar con esa válvula de escape. Su mujer, una prostituta cansada del oficio, aceptó el detalle sin hacer preguntas.

Tres horas, en tres horas no creo que pase nada, coman bien y compren *whisky*, traigan crema de tequila, a Daniela le gusta mucho.

Bien, y para ahorita, ¿se le antojan tacos o quesadillas?

¿Y si vamos a desayunar a un restaurante y lo cerramos?

Jefe, no hagamos algo que le impida ver tranquilo a su morrita, nuestros halcones han dicho que la ciudad está infestada de tiburones.

Ando como un pinche adolescente, no digas que no.

Usted lo dijo; entonces mejor desayunamos aquí, es más práctico.

Se me antojan unos camarones rancheros.

¿A qué hora llega su reina?

Marcará para darme el dato.

A las diez de la mañana llamó Platino, su tono era distinto, se notaba el hastío.

Buenos días. Viejón, qué bueno que marcaste, viene Daniela, ayer hicimos las paces y llegará en el transcurso del día, vamos a ser socios y tienes razón, me sale más barato invertirle a la telenovela que al gobierno; necesito que le deposites mi parte, ¿tienes dónde apuntar su número de cuenta? Perro, vamos por partes, ¿dónde estás? En Los Mochis, nos hemos cambiado a casa de Valente y está como para vivir aquí toda la vida. Veo que tomaste tu decisión. En esto sí, viejón, quiero estar unos días con Daniela y luego subir a la sierra; tenemos todo listo. ¿Ella te dijo que iría a Los Mochis? Exactamente, debo depositarle y luego me llamará cuando esté en el aeropuerto.

No lo hará, la PGR está sobre ella y no se va a arriesgar ni por ti ni por nadie a caer en sus garras; ya se amparó, pero teme, y con toda razón, que no se le respete esa condición, prefiere no moverse de Los Ángeles. No me digas, ¿hablaste con ella? Es correcto, le llamé para que no siguiera hablando de su famoso proyecto y protegerte un poco. Me hubiera gustado enterarme de lo que hacías. Estás en la lumbre, Laveaga, hace hora y media mataron al Ostión y al Almeja, les dejaron una cartulina donde escriben que fue por la muerte del Cali Montiel, pero podría ser que no; así que cuídate. Ah, cabrón, ¿y fuimos nosotros? Claro que no, parece que fue gente de Guasave. ¿Titanio está enterada? Está al corriente de todo, y en cuanto a ti, sabes muy bien que no aprueba tu conducta; ahora debes pensar si vale la pena que sigas allí, nuestro contacto más comprometido está muerto y lo que te digo de Daniela es verdad, no va a regresar a México, al menos no mientras la tengan plaqueada y no le depositaremos un peso; reflexiona y deja los caprichos para tu próxima vida. Me la pones difícil. Entonces después hablamos. Cortó.

El capo se quedó contemplando el celular en su mano, reflexivo. O sea que ya valí madre. El Grano Biz le ofreció un trago, bebió un poco. Buscó el número de Daniela al que se había comunicado el día anterior, la respuesta fue: El número que usted marcó no existe. Cortó y sonrió sutilmente, luego lanzó el celular contra la pared.

Grano, soy el Perro Laveaga, cabrón, ¿tienes alguna duda?

Ninguna, jefe, ¿cómo cree?

Miró el celular fragmentado en el piso.

Pues eso, cabrón. Manda por los pinches tacos y si pueden que se traigan unas viejas.

Sus deseos son órdenes.

Se dirigió al Minero y a Valente.

Cabrones, ya oyeron al jefe, tacos y viejas.

Los señalados se pusieron de pie.

¿Todo bien, señor?

Acaban de matar al Ostión, ¿cómo crees que estamos?

Mejor que niños pobres con juguetes nuevos.

El Minero echó un ojo preocupado a los traficantes.

Me lo acaba de decir Platino, ¿y tus halcones?

Valiendo madre, pero eso lo arreglamos ahora mismo. Minero, en cuanto cumplan el encargo denle p'abajo a dos o tres cabrones, para que agarren el rollo.

No se mortifique, yo me encargo de platicar con ellos.

Valente, que no se pase este cabrón con su salivero.

Sonrieron, menos Laveaga, que trataba de asimilar su situación. ¿Qué pasa, por qué nada me sale bien? Quizás estoy cansado, muy cansado, y más solo que un pinche perro sin amigos.

En su interior, la cascada se oía lejos, pero claramente.

38

Caballería, el Zurdo contempló su celular con indecisión margarita; aunque estaba seguro de que no debía contestar, lo hizo. ¿Cómo estás, amigo? Muy desconcertado, Edgar, acabo de hablar con el Pargo Fierro y me contó que un narco llamado el Grano Biz es el asesino de mi hijo, me detalló lo que te pasó cuando ibas a detenerlo pero que ya estás bien, no sabía que su hija fuera doctora; te decía que estoy desconcertado, ¿en qué andaba metido mi muchacho para ser víctima de un tipo como ése? Mendieta no terminaba de digerir la llamada y reprochar a Fierro su indiscreción cuando tuvo que responder. Es lo primero que le preguntaremos cuando lo tengamos enfrente, aunque creemos que quizá le cobró alguna deuda bancaria. Toda la vida le dije que no se metiera con esa gente, no tienen lado, supongo que si les tratas de cobrar algo debe ser peor. Tal vez intentaba hacer bien su trabajo. Era su novia la que tenía trato directo con los banqueros, pero ni manera de preguntarle. Es correcto, ¿la mencionó el Pargo cuando le hablaste? Fíjate que no, sólo me dijo lo de Pedro. Muy bien, de ahora en adelante espera a que yo te llame y no te olvides de las calabacitas para Ger. Gracias, Edgar, y disculpa. Cuando terminó de hablar, Gris ya estaba sentada a la mesa con su desayuno servido.

¿Ya llamó Sauceda? Parece que se olvidó de nosotros. Jefe, coma otro poco, por favor. El Zurdo sentía molestias por todo el cuerpo y aunque lo menos que deseaba era comer, pellizcó solícito lo que Aníbal le sirvió; vieron que Camacho se reunía con Castro, muy conversadores y felices. Jefe, tengo una cuestión en la punta de la lengua pero no me atrevo, me da un poco de pena. ¿Conmigo?, no me ofendas, agente Toledo, dime qué te inquieta. ¿Por qué le preguntó eso al final al señor Camacho? Ah. Sonrieron. Cuando iba tras Rendón en el Farallón percibí un olor nauseabundo que salía del privado. Fue él, tiene muy dañada la flora intestinal. Sin duda, quizá por eso se reían; me acaba de llamar Sánchez, Fierro le reveló lo que me pasó y que el Grano Biz era el asesino de su hijo. Algo le escuché, nunca le dijimos que era información restringida. Nunca supuse que Sánchez le marcaría, por lo que veo son más amigos de lo que creí. Siento que no confía en Fierro. ¿Cómo voy a confiar en él? Dejó que cerraran el caso, no nos informó del Grano Biz y ahora anda con prisa para que lo detengamos, ¿le entiendes tú?, porque yo no. Tiene temores. Y a lo mejor, intereses. Entró una llamada de Montaño. Dime que estás mejor. Estoy igual, me he dado cuenta de que el amor de mi vida no tiene lado, pero lo mismo quería darte las gracias, ya estoy en el trabajo, esta madrugada hubo tres cadáveres en la colonia Hidalgo y estamos en eso. Ahora que regrese nos vamos a tomar unos tragos y me vas a decir quién es esa mujer tan especial que te tiene tan engrido, querido amigo, si no quieres que te la ponga a modo, al menos sabré quién te puso en tu lugar. No te lo diré, no quiero más conflictos, pero nos tomaremos esos tragos; hasta pronto y que en Los Mochis todo se resuelva bien. Hasta luego. Jefe, insisto, ¿por qué su celular funciona aquí y el mío no? El mío está embrujado y es muy agradecido, acuérdate de que lo rescataste de aquel macetero.

Como una reafirmación del comentario, volvió a sonar el celular del Zurdo. Mendieta. Buenos días, detective. Era Sauceda. El Ostión se nos escapó, pero lo mataron quince minutos después en la plazuela 27 de Septiembre; nos vemos allí, cortó. El Zurdo informó a Gris, que de inmediato pidió la cuenta, se hallaban a dos cuadras del lugar. ¿Qué pasaba? Sin duda el Ostión era una vergüenza para la Policía Federal, ¿pero tanto como para matarlo en público y en pleno día?, ¿habría sido Samantha? No fue lo que le pidió, pero como bien lo dijo Gris: era una mujer arrebatada. En todo caso, algo se estaba acomodando aceleradamente y él no sabía qué onda.

Los hechos habían ocurrido frente al hotel Best Western. El Pargo Fierro y sus muchachos ya estaban en el lugar, los colegas de Orozco, a quien por cierto ya habían entregado a sus familiares, acordonaron la escena y ayudaron al forense, que no necesitaba hacer autopsias, a sacar los cadáveres de la camioneta. Los curiosos se amontonaban. Los detectives observaron al Ostión, su cuerpo acribillado, su boca chueca, su cara deformada por el rencor. El Almeja estaba bañado en sangre, sólo el brazo vendado estaba impoluto. Parece ser una venganza, dijo Sauceda, voz gruesa. Dejaron esta nota. El Zurdo supo de inmediato de qué se trataba. Le informó brevemente al marino su experiencia en la carretera a Topolobampo. ¿Sus hombres siguen patrullando la ciudad? Las veinticuatro horas. Bien, nosotros ahora estamos buscando si hay construcciones a nombre del Perro Laveaga y del Grano Biz en el registro público de la propiedad; de no encontrar alguna, tendremos que pedir ayuda a la señora que me llamó. Lo harás tú, yo no estoy autorizado. Pues si quiere a su hombre pida autorización, el Grano Biz podría llevarnos a él, eso si no están juntos. Sabemos que el Grano es lugarteniente del Perro en esta zona, pero curiosamente no hay mucha información sobre él. Bueno, nunca se ha escapado de Barranca Plana, o quizá tenía un amigo policía que administraba su archivo. ¿El Ostión? ¿Por qué no?, pero maldita la ayuda que nos puede dar en ese estado. Es comprensible. Me informan que el Grano Biz tiene un yate sin nombre en Topolobampo, ¿podría ubicarlo? Por supuesto; entonces ustedes buscan su domicilio. Y ustedes se mantienen alertas por si hay que tomarlo por asalto. Carrillo se acercó al grupo, se notaba perturbado. Una ambulancia del Servicio Médico Forense se estacionó cerca de la camioneta masacrada.

La mañana era un calcetín de niño.

Mendieta llamó a un lado al Pargo Fierro y le expuso parte del plan. ¿Puedes dejar a los muchachos a cargo? Creo que sí, todo está muy claro. Entonces avócate al asunto de las casas. Mendívil se acercó a Gris. ¿Ya vio la lis-lista de los enamorados de Larissa? No sabes cuánto nos ayudarías si nos la pasas. El policía la miró asustado, negó con la cabeza. ¿Quiere que me-me suceda lo que a Orozco? Gris lo observó un instante. A ver, tú sabes algo que no te atreves a decir. No sé na-nada, sólo di-digo que vea la lista. El policía la dejó con la palabra en la boca y fue a reunirse con Robles junto a la camioneta del Ostión; Gris se incorporó con su jefe. Esperemos que mi comandante Rendón no ponga reparos. ¿Por qué habría de ponerlos? Pues por los lentes, ya te dije. Verdes, sí, le pedí que llamara al Grano y se hizo pendejo. Sin embargo, gracias a ustedes, lo tenemos identificado como alguien que tuvo que ver con el homicida de Larissa. Me gusta que te sientas tan seguro; también tenemos ubicados a los asesinos de Pedro. No me lo habían comentado, qué bien.

Necesito un café, demandó Mendieta. Este cuerpo me duele más de la cuenta. Pinche hablador. Hay un Starbucks a tres minutos. Ellos fueron en el Jetta y Fierro en su patrulla. Dejaron los vehículos en el amplio estacionamiento de la plaza comercial donde se ubicaba la cafetería y entraron. Dos jóvenes que esperaban en una camioneta con los vidrios abajo hicieron un leve saludo que Fierro no respondió. Les sirvieron y se sentaron en un lugar desde el que era posible ver sus vehículos. No me pareció el informe que le diste a Sánchez, reclamó Mendieta. El Pargo detuvo la taza en el aire. Mira, me llamó desesperado, quería saber algo, lo que fuera, y la verdad no me pude resistir. Pues la próxima vez que te llame te aguantas, no me gustaría que se pusiera a buscar al Grano por su cuenta. Una descarga les hizo volverse al estacionamiento; de una Tacoma negra disparaban sobre los jóvenes que esperaban. Ésa es la camioneta que seguíamos, señaló el Zurdo; el Pargo Fierro salió apresuradamente para encarar a los bandidos que se tomaban las cosas con calma. La gente que andaba por ahí se refugió donde pudo. Les disparó tres veces, pero la camioneta se perdió por uno de los bulevares. Los detectives salieron detrás del policía, se detuvieron en los jóvenes que estaban cocidos a balazos. El Pargo regresó sudoroso. Esto no le va a gustar nada al comandante Rendón. No te mortifiques, ese señor dirige la policía de una ciudad que no existe. Sonrieron. Pobres, eran muy jóvenes. ¿Quiénes son? Sepa Dios. Creí que los conocías. Podrían ser halcones, ellos siempre saludan a los polis. Es posible, echaremos un ojo mientras llegan tus muchachos; por cierto, la camioneta en que escaparon los asesinos podría ser la que empezábamos a seguir cuando nos interceptó el Ostión. ¿Por qué iban sobre ella? Estábamos en el hotel, vimos a un tipo delgado, vestido con ropa clara, con dos bolsas de comida, y nos dio curiosidad. ¿Lo vieron en el restaurante? En el *lobby*, adentro no se puede hablar por celular. Cierto. Gris, toma los celulares de los señores, veamos a quién han llamado en estos días. En cuanto salga de esto voy al registro de la propiedad. Comentó Sauceda que te conoció en un santo lugar y en santa compañía, Fierro tardó en darse por aludido. Ah, ya ni me acordaba, fue un encuentro fuerte. Mendieta comprendió que su colega prefería mantener aquello en la oscuridad, quizá no deseaba dar explicaciones a nadie y menos a su hija, reflexionó: Todos los meses recibo un sobre manila que viene de las calderas del diablo, y prefiero mantenerlo en secreto. Pargo, ¿sería el Grano Biz el que se escabechó al Ostión? Ve tú a saber, es una persona con muchos intereses. ¿Montiel era de su gente? Creo que sí. ¿Y el Palomo Díaz? También.

Se metieron al Jetta, el efecto de las inyecciones disminuía y el deseo de otro trago era imperioso. Gris respondió un mensaje en su celular antes de auscultar los adminículos de los muertos. Junto a la camioneta de los masacrados el Pargo hablaba por su celular, se veía rojo. Mendieta sufría con los ojos cerrados. Si el Grano Biz y el Perro Laveaga estaban juntos el caso estaría resuelto en ambas líneas y podría ayudar a Montaño, esa mujer se iba a enterar de que no tenía sentido matar a un hombre en la plenitud de su vida, aunque fuera de amor. El amor saca lo peor y lo mejor de uno, no digan que no.

Un helicóptero anunció la proximidad de los marinos evidentemente dispuestos a amedrentar a todo mundo. Jefe, voy por nuestros cafés, si se enfriaron voy a comprar otros. Mendieta afirmó y le subió dos puntos al estéreo: "Here, There and Everywhere", con Paul McCartney.

Se escuchó el Séptimo de caballería. ¿No te da vergüenza estar chingando tan temprano? Mira qué cabrón, me apuro para que tengas una mejor explicación de lo que encuentras en tus investigaciones y sales con tu pendejada. No mames, pinche Ortega, tan delicados ni me gustan, pero si quieres estar de rosita, está bien, creo que sin ti estaríamos perdidos. Chinga a tu madre. Está bien, pues, en cuanto regrese nos echamos unas chelas y brindamos por la paz del mundo. Esa voz me gusta, ya hace tiempo que no voy al Quijote. Milagro, como bien sabes es un bar para gays. Con razón no sales de allí. Bueno, ya, qué onda. No te arrugues, cabrón, ahí te va: conseguimos aislar las huellas de las botellas y la del calzón; aparte de las de la víctima, en el calzón hay una de un sicario al que le dicen el Minero, es serrano, se llama Eustaquio Leyva y es gente del Grano Biz. El Zurdo escuchaba, tenso, el círculo se cerraba y era altamente probable que este tipo fuera el asesino de Larissa Carlón, generalmente los serranos son delgados, pero, ¿y Pedro?, ¿quién o quiénes le dieron p'abajo al hijo de su maestro? Esa rueda no había terminado de girar. ¿Y las de las botellas? ¿Qué te pasa, pinche Zurdo, crees que no tenemos trabajo?, estás pendejo. Está bien, en cuanto tengas algo me llamas.

Gris regresó con cafés nuevos. Agente Toledo, tenemos que volver a la casa de Larissa. La detective lo miró sorprendida. ¿Con qué fin? No sé, quiero ver de nuevo, Ortega me acaba de dar el nombre del posible asesino y quiero imaginarlo. Se llama Eustaquio Leyva y le dicen el Minero.

39

El Perro Laveaga continuaba pensativo. La vida es como un río y cuando se aproxima una cascada se oye machín, ¿qué onda, no? Y entre más te acercas más fuerte se escucha hasta que se convierte en estruendo. Su instinto reaccionaba y lo inducía a marcharse de inmediato. Lo peor que puede hacer un cabrón es hacerse pendejo; tal vez me detenía la posibilidad de ver nuevamente a Daniela, pero ella no vendrá, valió madre. Platino ha sido muy claro. Había echado un ojo a la Toyota balaceada y comprendió que a los marinos no los condicionaba ninguna negociación, que iban en serio por él, que el cártel lo había puesto en sobreaviso desde mucho antes y que él no lo quiso entender. Pinche cascada, tanto tiempo oyéndola.

Los jóvenes sicarios permanecían desconcertados, a media luz y en silencio, con las armas al lado. El Grano maldijo.

Aquí no se escuchan cláxones, pero ese pinche helicóptero me tiene hasta la madre, debe haber pasado ya cuatro veces.

Jefe, son dos, los vi hace rato.

¿Qué posibilidades hay de conseguir un boludo para salir de aquí, Grano?

El pinche Ostión era capaz de agenciar eso y más, pero ya ve, caminó gachamente.

Ahora resulta que el cabrón era indispensable, ¿se te olvida que nunca nos llevamos con él? Debe haber otra forma, márcale a Platino.

¿Qué le parece si mejor le marco a Titanio?

¿Tienes su teléfono?

Acuérdese de que ella le llamó a usted.

Sí, pero su número es privado, no se graba.

Voy a buscar a Platino, entonces.

Marcó dos veces pero nadie respondió. El Minero y Valente observaban. El Perro Laveaga volvió a experimentar la sensación de estar solo en el mundo y no le agradó. ¿Para esto hice todo lo que hice? ¿Puse al mundo patas p'arriba para qué, para estar valiendo madre?

Grano, esto se está poniendo color de hormiga.

¿Quiere que le traiga a una vieja?

Color de hormiga, te digo, y lo primero que harás es dejar de tratarme como a un pinche niño caguengue al que hay que conformar con un dulce, ¿te queda claro?

Palabra de Dios, jefe.

Ya estuvo de viejas.

Lo que usted diga.

Y prepárate para vivir o morir, que en este oficio es la misma cosa.

En silencio dejó correr los minutos. Observó a los jóvenes pistoleros y le parecieron unos cachorros indefensos, más deseosos de estar con sus madres que allí; sus miradas chiclosas delataban su desaliento. El Minero y Valente esperaban serenos, lo mismo que el Grano Biz, que bebía con calma pero una y otra vez.

Lo que es la vida, reflexionó. Este cabrón va a tener un hijo y yo escucho cada vez más cerca esa pinche cascada.

El sonido de un celular lo interrumpió. Durante el día dejaron timbrar tres llamadas de los halcones asesinados, pero el Grano Biz reconoció este número y lo puso en altavoz.

Qué pasó.

Jefe, los marinos están tomando la casa blanca.

Justo en ese momento un helicóptero voló por encima de ellos, tan bajo que hizo vibrar los cristales. El Perro Laveaga se puso de pie como impulsado por un resorte, tomo el AK- 47 y volvió los ojos al techo. Antes de que el sonido de la nave disminuyera, Valente le confió que tenía un túnel. El capo lo miró, sorprendido.

¿En verdad?

Está en ese baño, sólo hay que levantar la tina.

Laveaga miró en dirección al sitio donde había orinado cuatro veces y sonrió.

¿Lo has usado?

Nunca, sólo hice la prueba; lo conecté al drenaje y se puede caminar agachado.

Eres más cabrón que bonito, pinche Valente.

Sonrieron. Se volvió al grupo y anunció.

En la madrugada nos vamos.

El otro helicóptero se acercó.

40

La noche del lunes continuaba nublada y con calor sofocante.

A las siete y media Miguel Castro informó a los detectives de un domicilio en la colonia Palmira; agregó que en el Registro Público de la Propiedad no había nada, pero que, por Larissa y Pedro, se atrevió a recorrer vías que no iba a revelar para conseguir el dato. El Zurdo pensó lo peor pero no hizo comentarios y le dio las más cumplidas gracias.

A las nueve y cuarto un pelotón de marinos rodeó la manzana y otro emprendió el asalto a una casa silenciosa y mal iluminada, dispuesto a abrir fuego a la primera provocación. Por las ventanas de las residencias contiguas se advertía luz y movimiento de personas. Sauceda y Carrillo, armados con fusiles AK-47 encabezaron el ataque. Fueron los primeros en llegar a la puerta, seguidos de Fierro y los detectives. Silencio total. Los soldados en posición. Carrillo rompió los cristales de la ventana con el fusil, apartó la cortina con el cañón y vieron la sala vacía. Con un disparo de pistola Sauceda botó la cerradura. A Mendieta le agradó ese despliegue de poder, había bebido suficiente para asistir sosegado a la operación y en eso estaba. Sudaba. Contemplaron los restos de comida, botellas de *whisky* vacías y toda la suciedad que un grupo de delincuentes sin sueño puede dejar en una casa donde ha esperado poco más de una semana en extrema tensión. Tras ellos, esgrimiendo sus armas, entraron los detectives y el policía local; en su mano izquierda, Gris Toledo mantenía el celular preparado por si debía registrar alguna observación. Mendieta imaginó la vida en ese espacio reducido sin buscar respuestas, Fierro revisó bajo los sillones donde encontró granos de coca. Dos helicópteros sobrevolaban la zona atentos a los movimientos en las casas aledañas. Listos para abrir fuego, varios marinos subieron a la segunda planta y revisaron las habitaciones. Los detectives los siguieron. Mendieta se detuvo en la pantalla hecha añicos y descubrió el casquillo; lo recogió con una servilleta sucia y se la guardó en el bolsillo del pantalón; luego observó las camas desechas y algunas manchas que podrían ser de fluidos seminales. Ortega debería estar aquí, murmuró. Toledo le acercó un cenicero atascado de colillas de cigarros sin filtro. ¿Recuerda que Ortega encontró una colilla en el parque? Mendieta hizo un gesto afirmativo. También carecía de filtro. Sería ideal que los asesinos de Pedro fueran parte de este grupo; luego de algunas preguntas al Grano todo quedaría aclarado. Sauceda llamó al helicóptero para que sobrevolara los alrededores y se retirara hasta nuevo aviso. El Pargo Fierro husmeó en silencio cada habitación, trataba de llegar a sus propias conclusiones.

El sitio olía mal sin llegar a pestilencia. Dos botellas de *whisky* vacías hicieron reaccionar al cuerpo. Ni lo pienses, esa pinche inyección me adormeció machín pero desde cuándo que terminó el efecto. Aguanta, cuerpo, necesitamos avanzar en esto. Era una casa fría, sin cuadros en las paredes o plantas interiores. Pensó que en la investigación policial hay elementos que se repiten desde tiempos de Poirot: amenazas escritas, cajetillas de cigarros, huellas, camionetas y, por supuesto, colillas. Gris, guarda una muestra por si acaso. Fierro, que también se acordaba de la colilla del parque, expresó: Llegamos a la pura madriguera. Mendieta lo miró con mayor atención, le pareció viejo, cansado, ¿realmente era padre de una mujer tan hermosa, inteligente y vital como Janeth? Era ligeramente grueso sin llegar a gordo, de mirada fría y lechosa, fuerte y en edad de jubilarse; ¿por qué habían cerrado el caso? El detective no se olvidaba del asunto. Cualquiera que fuera el papel del comandante Rendón, estaba en un juego de ruleta rusa con un arma completamente cargada. ¿Quiénes eran sus compañeros de mesa?, ¿estaba el Pargo allí?, ¿y Mendívil?

Sauceda llamó aparte a Mendieta. ¿Qué te hizo pensar que el Perro Laveaga estaría aquí? Más que en Laveaga, pensaba en el Grano Biz, que él pudiera llevarnos al capo; usted dijo que era su lugarteniente; ¿sus hombres son confiables? Totalmente, nadie sabía que íbamos a tomar esta madriguera. Bueno, hay evidencias de que el lugar estuvo habitado hasta hace muy poco, las colillas están frescas y hay olor humano. ¿Te queda claro que nuestro trato continúa? Por cierto, no me ha mostrado ningún documento de los que piensa devolverme. ¿Para qué? Aquí lo real es que tú quedarás exonerado de todo. Lo mismo me dijo el comandante Briseño. Lo sé, deberías de saber que a este nivel tu jefe no pinta. ¿Y usted sí? Para librarte de persecuciones sí, aunque no voy a negar que tengo un superior al que no le simpatizas. Iba a decir que confiaba más en Samantha Valdés pero prefirió callar, a los dos les convenía no mencionar a la capiza. ¿Algo sobre el yate? Lo encontramos abandonado y nadie sabe nada. Típico. Te voy a confiar un secreto, han llamado a mi superior para negociar. ¿Quién? De parte del Perro Laveaga. ¿Y por qué no ha aceptado? El gobierno lo quiere preso, es un asunto político y ya negociaron con quien tú sabes. Mendieta se quedó mirando al militar mientras pensaba: Lo sabía, y sigo batiendo mierda, y formuló.

¿Entonces lo del Ostión fue un montaje? No, él traía su bronca contigo por la muerte del Trokas Obregón; más bien te salvamos. Órale, tendré que prenderles velas.

¿Qué sugieres? Continúen con el asedio a la ciudad, con efectivos y helicópteros, si esos cabrones continúan aquí, que se sientan como ratas acorraladas; pongan retenes pero dejen algunas de las vías principales abiertas con gente dispuesta para entrar en acción por si se aparecen; si les avisaron que veníamos cuando menos están desesperados y si cabían en esta casa no deben ser tantos. Entiendo. Su hombre estuvo aquí, coronel. Tenemos que atraparlo, ya sabes que al gobierno le interesa mucho su captura. Hay un periodista aquí, de Culiacán, que desea saber qué onda. Se me acercó, hice que lo regresaran a su casa. Ellos quieren la noticia, ¿y usted? Coronar bien esta misión. No desea salir en *El Universal* o en el *New York Times*. Quiero llevar a mi familia de vacaciones sin mayores preocupaciones, ¿ya puedes ver a tu hijo? Creo que sí, pero lo voy a manejar con cuidado, debo evitar que tenga problemas.

Castillo dispuso una guardia para el inmueble y ellos quedaron de verse al día siguiente, a primera hora.

El calor continuaba y las luces de los vecinos estaban apagadas.

41

El Zurdo conducía, Bread en el estéreo, "Make It with You", y en vez de ir embelesado por la rolita, trataba de adivinar el siguiente paso de los mañosos.

Esa tarde, después de que Mendieta puso al tanto a Gris de la identidad del Minero, la detective llamó a Mendívil y lo ajustó. O nos dices lo que te inquieta o mandamos a los marinos por ti. El policía prometió colaborar. Márcale de nuevo a Mendívil, dale el domicilio en el que acabamos de estar y que investigue quién es el dueño y si posee otras propiedades; Castro no tenía esa información. Mendívil se negó abiertamente. Es muy-muy tarde, detective, cierran a las cua-cuatro. Te voy a pasar al detective Mendieta. Gris le dijo que no quería cooperar. El Zurdo tomó el aparato: Mira, cabrón, vas a despertar a quien sea, incluyendo a tu chingada madre, y le vas a pedir el nombre del dueño de esa puta casa, ¿entendiste? Es que. ¡Entendiste o no! Sí, se-señor. Te llamamos en media hora. Cortó. ¿Te pasó la lista de los novios de Larissa? Son catorce, dos están muertos. ¿Alguno te llamó particularmente la atención? Ninguno. Dos hombres delgados acabaron con Pedro, quizás el Minero mató a Larissa, por alguna razón tocó la tanga que encontraron en el piso, ¿era su amante y la visitó antes de que muriera?, ¿le pasó su ropa interior? Tenemos colillas sin filtro. Si Pedro era tan agradable como dicen, creo que alguien les dio la orden de acabar con él. El Grano Biz. Puede ser, aunque dudo que le enviara una amenaza escrita en computadora. ¿Y Larissa? Fue alguien que ella conocía, alguien con quien mantenía relaciones sexuales; se encontraron, ella o los dos se desnudaron y el acto no tuvo lugar, ¿por qué? No reportaron violencia en la habitación. El Minero. Tengo mis dudas, si él y un cómplice asesinaron a Pedro, según lo que vio la gringa Fairbanks, no los imagino venir con Larissa a tener sexo, si es que tenía esa clase de relación, pero antes, por alguna razón, la asesinaron, acuérdate, no hallaron nada en su vagina. Rosario se hizo presente veinte minutos después del disparo, ¿y si Larissa los hubiera contratado para matar a Pedro? Todos coinciden en que era incapaz. Es cuando aparece el Grano Biz. Gris, hay una ficha que se nos escabulle, ¿quién es? ¿Ha pensado en Camacho? Sí, un poco. No aparece en la lista. Quizá Mendívil no los puso a todos; en unos minutos que le llames, no olvides preguntarle de nuevo.

En cuanto se estacionaron en el hotel sonó el celular del Zurdo. Gris dijo que iba a su habitación, que de allí le llamaría a Mendivíl y que se verían en el restaurante. Era Montaño. Qué pasó, doctor, ¿ya tienes vieja nueva? Le bajó al estéreo. Estoy muy desconcertado, Zurdo, es la primera vez que me enamoro y es diferente, muy diferente a lo que había sentido antes; estoy leyendo al poeta que me recomendaste. ¿A quién? Gilberto Owen se llama, *Me quedo en tus pupilas sin convite a tu fiesta de fantasmas*. Órale. Creo que estuvo siempre enamorado y nunca correspondido, y por lo que veo así voy a vivir el resto de mi vida. Te vas a poner flaco. No importa, y voy a ir a Los Mochis. Doctor, aquí no hay nada qué hacer, estamos a punto de concluir; hazme caso, búscala, dile que la amas, que es la mujer de tu vida, y bájale los calzones; doctor, el sexo es el mejor pegamento. Zurdo, eres el mejor detective que conozco pero no me has entendido. ¿Pues qué chingados quieres que te entienda, doctor? Zurdo, es Gris, estoy enamorado de Gris. Callaron, Mendieta se quedó con la boca abierta, en cuatro segundos editó la película de sus compas. Te dije que era mejor que no intervinieras cuando proponías traerla a mi casa. Pinche doctor, ahora si me dejaste patidifuso, ¿cómo iba a suponer semejante cosa? Lo sé, así que voy a ir a Los Mochis para hablar con ella. Mira, no te muevas de allá, cuando lleguemos le dices lo que tengas que decirle, de verdad estamos en la recta final y de nada serviría perturbarla. Zurdo, cuídala, que no le vayan a dar un balazo esos desgraciados. Si la hieren te llamo para que la vengas a curar. Excelente idea. Dime una cosa, ¿le has llamado últimamente? Todos los días y le he mandado mensajes; me dijo que se salía para responder. Gracias por confiarme eso, doctor. Gracias a ti, amigo.

Mendieta no sabía qué pensar, le subió al estéreo, sonrió y se compadeció del forense; recordó a su compañera: Claro, eso sí podía dejarme frío y no el anuncio de su embarazo. Alison Krauss cantaba: "When You Say Nothing at All". Su celular sonó de nuevo pero no quiso responder a Janeth.

Encendió el carro y enfiló rumbo a la casa blanca, sonreía levemente, recordó al doctor tirándole piques a Toledo pero nunca pensó que fuera en serio. Qué peli, con razón el cabrón no quiso ir a su boda.

Sería la media noche cuando lo identificaron los marinos que hacían la vigilancia y lo dejaron pasar. Encendió un foco que no habían usado los antiguos inquilinos, recorrió atento el primer piso, entre los restos de comida había trozos de quesadillas y frijol yorimuni. Mmm, si tenía alguna duda esto la despeja, reflexionó. Además, Fierro encontró granos de coca pura. Un marino lo interrumpió.

Señor, hay dos mujeres afuera que vienen a ver al patrón, quieren saber si se le ofrece algo. El joven sonrió discretamente. Pásalas, las chicas lucían como siempre pero estaban nerviosas, una de ellas intentó comprometer al marino pero este la rechazó displicentemente. Saludaron: Hola, ¿y el patrón? Chicas, siéntense, pónganse cómodas. El Zurdo pidió al militar que permaneciera en la sala. ¿No está el patrón? A lo mejor se lo llevaron los marinos. El patrón está bien, no se preocupen. ¿Cuándo volverá? No sabemos, ¿cómo se llaman ustedes? Las recién llegadas se vieron entre sí. Señor, creo que mejor nos vamos, dijo una y se puso de pie, la otra la imitó. El detective clavó la mirada en el vigilante e hizo un gesto afirmativo; el joven sentó a las chicas que no opusieron resistencia. ¿Cuántas veces han venido a esta casa? El Zurdo observó su maquillaje, sus cuerpos esmirriados, su ropa poco sensual. Nosotras no hemos hecho nada, dijo la que se veía más afectada. Tres. ¿Desde cuándo son amigas del Perro Laveaga? Nosotras damos servicio a domicilio y jamás nos hacemos amigas o preguntamos nombres, no sabemos quién es ese señor. Tenemos hijos chiquitos. Son clientes nada más. Mendieta dejó que se contemplaran las manos. ¿A cuántos atendieron aquí? Sólo al patrón, era el jefe, pero no sabemos su nombre. ¿Seguras? Sólo supimos el nombre del que nos pagaba y era muy codo duro, le decían el Grano. Había como diez, pero sólo el patrón nos respetó, agregó la más nerviosa. ¿El Grano es agarrado? Y muy malo, en cambio el patrón era muy bueno. ¿Había diez, dices? Yo vi ocho, junto con Valente. A ver, cuéntenme, cuéntenme cómo llegaron aquí. Por cierto no traemos para el taxi. Confiábamos en que el patrón nos daría. Por eso no se preocupen, ahora díganme quién las puso aquí. Valente. Trabajamos en el

Apache 7, allí nos recogieron y nos trajeron. Contaron sobre la generosidad del señor y la mezquindad del que pagaba. Le platicaron que volvieron por iniciativa propia, que al fin pudieron estar con el señor pero que sólo se metió con una y no tuvo un orgasmo. Se veía ido, como que pensaba en otra cosa, pero era muy generoso. ¿Es usted policía? Sí, ¿entonces él que las trajo aquí fue Valente? Muy buen muchacho él. Eso es, ¿y conocen al Minero? ¿Quién es ese? Tuve una vez un cliente que era minero, venía una vez al mes de la sierra, pero hace años, cuando empecé. No lo conocemos. El patrón se cambió a un nuevo domicilio, creí que lo sabían. No. No hubiéramos venido aquí. Pero sí escucharon que se iban. Algo sí, sólo que para la sierra. De hecho veníamos a despedirlo. ¿Ese Minero no es el amigo de Valente? Nunca oí que lo nombrara así. Es un hombre delgado, que le gusta vestir con ropa clara y no es muy alto. Igual que Valente. El sudor de Mendieta se incrementó. Nosotras queremos mucho a Valente, se llevó a una compañera a vivir con él. Ellos nos trajeron la primera vez. ¿Y su excompañera, tiene muy arreglada su casa? Sí, es un espejo. La chaparrita es muy hacendosa. Y Valente feliz. ¿Cuántas veces la han visitado? Dos.

42

La casa tenía una reja más un pequeño jardín que se cruzaba para llegar a la puerta. Las ventanas eran pequeñas y la cochera cerrada. Desde el Jetta las chicas la señalaron. Mendieta avisó a Sauceda que iba tras los asesinos de Pedro, que afuera de la casa estaba la Tacoma negra y un viejo Tsuru y le pidió refuerzos. Eran las dos y media de la mañana. A las tres y media el mismo Sauceda y siete efectivos arribaron al lugar para respaldar a los detectives. El plan era que las dos chicas y Gris llamaran a la puerta y lo que resultara, si abría la chaparrita preguntarle por Valente, y si abría él, apañarlo allí mismo para que informara el paradero del Minero. Cosa fácil, diría el Taibo mayor.

Dentro de la casa, con baja iluminación, el Perro Laveaga y su gente se preparaban para salir rumbo a la sierra de Chihuahua.

Grano, que suban esas dos cajas de *whisky* al surito y que la Tacoma nos siga de lejos; un novillo tatemado nos espera.

Ustedes dos, carguen eso.

Dos jóvenes tomaron las cajas y salieron. Sus figuras se recortaron al cruzar el jardín.

Quiero a todo mundo con los pinches ojos bien abiertos, cabrones; ahora no tendremos quien distraiga a los guachos para que nos dejen el paso libre, pero nos la vamos a jugar, que para morir nacimos.

En la esquina el Zurdo Mendieta reaccionó. Ándese paseando, allí está alguien más que la chaparrita y Valente. ¿Piensas lo mismo que yo? Nunca, pero podría ser, aunque las casualidades me dan hueva. No veo casualidades por ningún lado, detective. Entonces tenemos un punto de quiebre, que es peor, intervino Gris. Sauceda llamó de inmediato a los pilotos para que se pusieran a trabajar y pidió a Castillo que lo alcanzara con todos sus hombres. Jefe, se están preparando para abandonar el lugar. Sauceda, meta a estas chicas en una de sus camionetas y no las deje moverse hasta que esto haya terminado. Detective Mendieta, en una hora tendremos a toda nuestra gente aquí. En una hora se pierde una guerra, coronel, si esos cabrones aparecen vamos a ponerle machín. Esa voz me agrada.

Jefe, va para las cinco y ya estamos listos, expresó el Grano Biz con su cuerno al hombro y unos lentes oscuros que encontró sobre el trinchador, los jóvenes que habían salido entraron y al igual que los otros tomaron sus armas. El Perro Laveaga los observó y rogó a san Judas Tadeo y a Malverde que los protegieran en este movimiento que presentía no era de rutina. La cascada se escuchaba muy cerca.

¿Qué hora es?

Van a ser las cinco.

Pues lo que se vaya a cocer que se vaya remojando.

Nosotros vamos en el surito y ustedes nos siguen en la Tacoma. Llévense a tres de los morros. Vamos a ir calmados, a velocidad normal, pidió el Grano al Minero y a Valente, que con su ropa clara sobresalían en la semioscuridad de la sala.

Ya está, ustedes vengan con nosotros.

Jefe, cuando salgan, jalen la puerta para que quede cerrada.

Minero y Valente cruzaron el jardín seguidos de los jóvenes. Iban tranquilos. El calor de junio no distingue jerarquías. Camisas empapadas de sudor. Justo al llegar a la Tacoma escucharon al helicóptero que se aproximaba por el rumbo de Venus. Se detuvieron un momento para otear el firmamento; entonces oyeron la voz de Sauceda.

Las manos en alto, señores, no toquen sus armas, somos la Marina de México.

Los jóvenes alzaron automáticamente las manos pero los dos amigos empuñaron sus cuernos y empezaron a rociar a diestra y siniestra. Ratatatat. Los marinos respondieron. Rat. Mendieta y Gris se resguardaron tras una camioneta oficial y dispararon a los vestidos con ropa clara. Debían ser el Minero y Valente. Los jóvenes pistoleros se repusieron y ametrallaban como demonios. Ratatatat. A todo lo que se moviera. Tres marinos cayeron malheridos y uno muerto, y Sauceda tuvo que afinar puntería para acertarle a un enemigo antes de que se refugiara tras la Tacoma que ya mostraba dos llantas desinfladas. Los minutos pasaron. De la casa también estaban disparando. Con la llegada de Castillo la balacera fue completamente desigual, y el Zurdo vio cómo caían abatidos los de ropa clara, lo mismo que dos heridos que intentaron volver al domicilio, en donde, apenas se oyó el primer disparo cerraron la puerta y apagaron la luz.

Los helicópteros volaban bajo, atentos a posibles evadidos. Los vecinos aterrados, con las luces apagadas y encerrados a piedra y lodo. Mendieta se deslizó hasta los caídos y encontró que uno de los vestidos de claro estaba vivo. Te llamas Eustaquio Leyva y te dicen el Minero, aventuró esperando acertar. El otro, aunque a punto de morir y con los ojos cerrados, sonrió. Tu amigo y tú asesinaron a Pedro Sánchez. Afirmó con la cabeza, sin abrir los ojos. En ese momento Gris Toledo se colocó a su lado, estaban de rodillas. ¿Quién te mandó? Se puso serio, los segundos pasaban y el Minero se moría. ¿Fue el Grano Biz? Negó con la cabeza, su sonrisa era leve. ¿El Grano está aquí? Afirmó. ¿Quién mató a Larissa Carlón? Sonrió de nuevo con amplitud, sólo que esta vez su sonrisa se heló y se convirtió en una mueca de muerte, que no contemplaron demasiado porque una ráfaga de plomo proveniente de la casa los obligó a tirarse al piso. Él mató a Larissa y a Pedro, pero no por propia iniciativa. Entonces, ¿quién lo mandó? Caso imposible, Gris. Mmm. La camioneta tras la que se resguardaban estaba llena de agujeros.

Los marinos respondieron y pronto el intercambio fue rabioso. Los cristales de la casa volaban hechos pedazos. Sauceda se acercó a los detectives. Parece que no hemos terminado. ¿Cuántos quedan? No tengo idea, alcancé a ver a dos que se regresaban cuando empezó el tiroteo; ¿éstos son tus hombres? Los de ropa clara. No pudieron decirte mucho. El diablo siempre tiene prisa, pero alcanzó a decirnos que el Grano Biz está adentro.

Regresaron a la camioneta de los marinos donde los esperaba Castillo. ¿Qué ordena, coronel? Manda a dos hombres hasta la Tacoma, que vacíen su carga contra la casa y esperemos su reacción, que los helicópteros se acerquen y disparen.

Dos marinos cumplieron la orden. La respuesta fue inmediata y escandalosamente nutrida.

Qué se están creyendo esos cabrones, dijo el Grano, que sangraba del brazo izquierdo por una bala que lo había alcanzado. Los helicópteros hicieron el acercamiento a la azotea sacudiendo las plantas del jardín y los tendederos de ropa del patio. El Perro Laveaga corrió a checar que la puerta del fondo estuviera cerrada e hizo bien porque alcanzó a ver a cuatro marinos que se descolgaban y ametrallaban sin tregua las ventanas al mismo tiempo que los de enfrente. Los vidrios caían destrozados. Se lanzó al piso y como pudo llegó a la sala. Lo que encontró era desolador. Los jóvenes sicarios agonizaban y el Grano con su brazo sangrando había perdido sus lentes.

Esto se puso bien cabrón, jefe.

Grano, larguémonos por el túnel, dijo Valente que podríamos caminar agachados; trae esa bolsa de dinero, hay como doscientos mil dólares para lo que se ofrezca.

Lo sigo.

Entraron al baño, levantaron la tina y pronto se encontraron en un cómodo conducto que llevaba al drenaje pluvial, cuyo nivel les llegaba a las rodillas.

Se movieron deprisa.

Pasados unos minutos los disparos cesaron. Con suma precaución los marinos franquearon la entrada del patio y entraron. Los jóvenes sicarios yacían sin vida. Avanzaron con cautela hasta abrir la puerta del frente, donde encontraron a Sauceda, Castillo y a los detectives en medio del jardín. Todos acusaban la emoción del momento. Mendieta transpiraba y ya no sabía si por el temor o por la falta de *whisky*.

Durante unos minutos contemplaron el espacio, revisaron los cadáveres, el refrigerador casi vacío, y sonrieron al ver la cantidad de casquillos percutidos que alfombraban el piso. El Zurdo se detuvo en los cuerpos. ¿Cuál es el Perro Laveaga? Sauceda había cotejado varias fotos. Ninguno, si estaba aquí se nos peló; tampoco está el Grano Biz. Lo sé, estos están muy jóvenes. Toledo observó el sitio cuidadosamente, encontró cuatro AK-47 en el piso y sólo había dos cuerpos. Jefe, por el número de armas quizá había más sicarios aquí. Los vasos en los que bebieron también son muchos. Tres tienen *whisky*. Se oían los helicópteros. Al Perro le gustan los túneles, comentó

Sauceda. Gris checó los rincones de la cocina y Mendieta caminó hasta el baño. El marino ordenó a los helicópteros que buscaran hombres corriendo por las calles aledañas y autos que huyeran de la zona. ¿Cuántos hombres? No menos de dos. Escudriñaron la boca del túnel. Entraron con las pistolas por delante. Después fue una invitación para explorar y no lo dudaron. ¿Izquierda o derecha? Sigamos el sentido del agua. No cabe duda de que su hombre ama los túneles.

En el momento en que los marinos, seguidos por los detectives, entraban al torrente pluvial, el Perro Laveaga y su lugarteniente movían una tapa de alcantarilla y conseguían salir a una calle cercana que aún estaba sin tráfico. Eran poco más de las seis de la mañana y todo se volvía claridad. Lo primero que vieron fue un auto blanco que se aproximaba despacio y le hicieron la parada. Estaban sucios y enlodados con sus pistolas en las diestras. En cuanto se detuvo el auto bajaron a la mujer y a dos niños adormilados, la despojaron del vehículo y se alejaron aceleradamente del lugar. Cin Castaños, ¿qué onda?, quedó desconcertada abrazando a sus hijos; minutos después así la encontraron los cuatro andrajosos que emergieron del drenaje, entre ellos la mujer policía que había auxiliado días atrás. Hola, Cin, ¿viste salir a unos tipos antes que nosotros?

Les contó del despojo, que iban por su esposo al aeropuerto, un joven poeta que empezaba a ser reconocido, y que se habían largado rumbo al bulevar en su Nissan blanco. Celulares en acción. Alertaron a los retenes, les trajeron sus vehículos, liberaron a las chicas, se dividieron las salidas y empezaron a cerrar el círculo. Cin, gracias de nuevo; niños tienen una madre excelente, cuídenla. Luego los detectives se lanzaron a cubrir la salida a Topolobampo y veinte minutos después avistaron el auto blanco cerca de donde habían acribillado a Montiel. En el estéreo, "Knock on Wood", con Amii Stewart.

43

El Jetta se le emparejó al blanco justo antes del entronque al aeropuerto. Gris bajó el cristal y les gritó: Estaciónense en la orilla, el Grano conducía.

¿Quién es esa pinche vieja, jefe, la conoce?

Es con la que dormí anoche, ¿no?

Usted dirá si no quiere estar solo en el yate.

Llámale al capitán para que esté preparado.

Los celulares se me cayeron en el túnel, jefe, lo apuramos al llegar.

El Zurdo acercó su carro y Gris les gritó de nuevo que se detuvieran y aclaró: Somos de la Ministerial del Estado. El Grano los miró con sorna.

¿La oyó, jefe? Es placa.

El Perro puso atención a los del Jetta.

Detente, quizá son los policías de Culiacán, vamos a darles unos dólares para que nos lleven en su carro hasta Topo, según Platino el bato es un consentido de Titanio.

O que nos escolten, aunque la dueña haya reportado esta charchina no creo que nos molesten.

Es mejor ir seguros, y que los marinos busquen en Los Mochis hasta que se cansen.

El Sentra se detuvo y sus ocupantes bajaron, lo mismo que los detectives. Con las manos en alto, ordenó Gris, apuntando con su Beretta.

Tranquila, señora. ¿Usted es amigo de Samantha Valdés? Laveaga se dirigió al Zurdo. Es algo que no te importa, respondió el aludido. Y sube las pinches manos que las tienes muy grandes para ser cosa buena.

Cállate, pinche poli pendejo.

Mira, acabemos rápido, soy el Perro Laveaga y él es el Grano Biz, les vamos a dar dos mil dólares para que nos lleven hasta Topo.

Nos viste cara de Uber o qué; ustedes no irán a ninguna parte, Mendieta esposó rápidamente al capo, el Grano trató de sacar la pistola que traía en la cintura pero Gris le gritó.

La sacas y estás muerto, mamarracho.

Ah, ¿apoco te animas?, ¿no deberías estar con tu marido dándole desayuno?

Gris disparó, la bala abanicó la oreja del narco.

Oigan, tranquilos, no tienen por qué hacer esto, si quieren más dinero digan cuánto, traemos suficiente.

Los cuatro estaban sucios, olían a podrido y el Grano sangraba levemente de su brazo izquierdo. Mendieta se apresuró a esposar al Grano, quien se quejó de dolor. Los sentó en el piso separados y le marcó a Sauceda.

El jefe compró a los chacas de Barranca Plana, no creo que no pueda comprarlos a ustedes, pinches polis muertos de hambre.

Los tenemos, estamos en la carretera a Topo, en el entronque al aeropuerto.

El Perro Laveaga comprendió que había topado con un hueso duro de roer.

Poli, está bien. Hay una bolsa ahí con doscientos mil dólares, quítanos las esposas y quédate con ellos; no nos escolten, sólo déjenos ir.

Estamos sedientos; oye poli, deja de hacerle al macizo, tú conoces a Samantha Valdés, eres de su gente, así que si no nos sueltas ya sabes a lo que te atienes, tú y tu familia, pinche poli de mierda.

El detective sonrió con sorna. Si eso crees, estás pendejo, Grano Biz, y antes de que lleguen los marinos me gustaría que me dijeras por qué mandaste matar a Pedro Sánchez y de paso también te llevaste entre las patas a Larissa Carlón.

¿Que yo los mandé matar, de dónde sacas eso, pendejo?

Se los escabecharon Valente y el Minero, que son de tu gente, tuviste que dar esa orden.

Estás pendejo, pinche poli.

El Minero y Valente están muertos y tú vas a pagar por tus crímenes, además de la cuenta que tienes con la Marina.

¿El Minero y Valente mataron a Larissa, dices?, estás tonto del culo; sería el Minero, Valente era incapaz de matar mujeres, eso lo sé yo; andaba conmigo desde morro.

No te hagas pendejo.

El Grano se quedó pensativo y mentó madres en susurros. El Perro lo miraba.

Poli, puedes chingarme si quieres, pero nunca ordené que le dieran piso a Larissa ni a su novio pendejo, aunque ganas no me faltaron. Ella era lo máximo, cabrón, una mujer de a de veras; eso sí, estaba más loca que su puta madre.

Poli, déjanos ir, te ofrezco un millón de dólares que puedes repartir con tu compañera; traemos doscientos aquí, el resto te lo transfiero adonde digas. No tienes por qué seguir siendo pobre.

Deja de estar chingando, Si Ya Saben Cómo Soy Para Qué Me Atrapan; entiende de una puta vez, esto no es Barranca Plana, cabrón, ni nosotros somos custodios.

Gris vigilaba atenta.

¿Cómo le vas a explicar esto a Samantha Valdés?

No tengo nada que explicarle a Samantha Valdés y creo que tú tampoco, y el Grano menos.

¡Te crees muy chingón, pinche poli lame huevos!

La camioneta de Sauceda se estacionó atrás del Jetta. De inmediato los marinos tomaron a los detenidos, los treparon en la caja de otro vehículo y los trasladaron al aeropuerto cercano, donde un avión oficial los recogería en tres horas para llevarlos a la capital.

Eran las siete treinta de la mañana.

Sauceda tomó la bolsa del dinero y se despidió. Detective, en el aeropuerto podré encender mi laptop y en veinte segundos estarás limpio. ¿Palabra de hombre? De hombre y de marino.

En diez minutos estuvieron solos. Jefe, ¿cómo vio al Grano Biz? No sé, ¿y tú? Me dio la impresión de que no mentía. O sea que ya nos chingó el día. No sé, quizás es mi parte maternal. Pensé que tenías ganas de ver al Rodo. Claro que tengo ganas de estar en casa y cenar con él, pero antes debo decirle algo. Hizo una pausa. ¿Está listo para quedarse frío? Viene. Va a ser tío. Mendieta respiró. ¿En serio? Completamente, una de las llamadas que recibí fue del laboratorio confirmando lo que resultó de la prueba que me hice en casa: positivo. Felicidades, Gris, tienes que cuidarte. Claro, pero recuerde que usted me prometió que sería yo como la detective de Marge Gunderson, de *Fargo*, que no le he dicho pero ya la he visto varias veces y es una de mis películas favoritas. Ándese paseando.

Gris regresó al hotel en el Nissan blanco.

Durante el retorno Mendieta le informó a Briseño, que quedó aliviado con que los marinos les hubieran quitado a los prisioneros. Un narco es un problema para toda la vida, Edgar, qué bueno que se los llevaron; al rato que lleguen te reportas a la comandancia, tengo un caso que te va a interesar. Ahí me cuenta. Los detectives estuvieron de acuerdo en que un buen baño no les vendría mal. A las nueve y minutos se hallaban desayunando relajados y el Zurdo decidió llamar a Abel Sánchez. Edgar, ya le llevé las calabacitas a Ger, seguro te a va dar la sorpresa. Gracias, viejo. Le dio la misma versión que a Briseño y Sánchez quedó contento. Edgar, no sé cómo agradecerte. No digas eso, es mucho lo que te debo; además, con tu amistad y las calabacitas es suficiente.

Detective, ¿quiere un *whisky*? El Zurdo respondió que sí y Gris que no al mismo tiempo. Aníbal se sonrojó, perdón, es que… articuló y se alejó de inmediato. La chica del café sirvió de nuevo. Respondió al Pargo Fierro que quedó muy impresionado con la historia de los muertos y la detención de los famosos narcos. Gracias por tu ayuda. ¿Dijeron algo de Orozco? Nada, desde ahora es tu asignatura pendiente. Prometo avisarte cuando detengamos al culpable. Después entró una llamada de Janeth que tampoco respondió, estaba decidido a marcarle a Susana y no deseaba perturbaciones.

Se encontraba en su habitación lavándose los dientes para hacer su maleta cuando entró la llamada de Ortega. El comandante acaba de anunciar que vienen de regreso, ¿es cierto? Tenemos muchas ganas de verlos. Chingón, ¿atraparon a los asesinos de Pedro? Murieron esta madrugada cuando íbamos a detenerlos, estaban con el Perro Laveaga y el Grano Biz. ¿Y Larissa? También la mató el Minero, la prueba del calzón fue determinante, ¿qué onda?, quieres que te lleve pan de trigo o qué, dicen que acá lo hacen muy bueno. Desciframos las huellas de las botellas que resultaron ser similares a una que encontramos en la punta del cañón de la pistola homicida, y conseguimos aclarar las últimas llamadas de Larissa Carlón y una docena de mensajes muy esclarecedores, entonces tengo un par de datos para ti. Qué pinche ceremonioso te pusiste, cabrón. Ahí te van. En las noticias el presidente anunciaba la detención.

A Mendieta no le fue difícil ubicar a la persona implicada en el asesinato de Larissa Carlón. Fierro salió contento de la jefatura y caminaba hacia el estacionamiento justo cuando el Zurdo bajaba de su Jetta.

Qué pasó, detective, te hacía camino a Culiacán.

Teniente Eleazar Fierro Bojórquez, queda usted detenido por el homicidio de Larissa Carlón. ¿Qué? Usted no le disparó, fue el minero, pero usted la amenazó al igual que a Pedro porque ella no quiso casarse con usted, las últimas llamadas en su celular son suyas y hay doce mensajes que lo incriminan con claras amenazas de muerte y la razón de sus desacuerdos. Fue el Grano Biz. El Minero dijo que no. Maldito traidor. Ella fue la mujer con quien lo vio Sauceda, aunque traía lentes oscuros esa tarde, la acaba de reconocer en el aeropuerto en donde lo alcancé para que la identificara. Como usted lo había molestado, le indicó a ella que no era buena idea que anduviera con usted en un hotel a la vista de todos, y Larissa, primero muerta que apocada, le restregó en la cara los derechos sexuales de las mujeres; además, usted montó el suicidio pero no tuvo cuidado con la pistola, la tomó de la punta del cañón, pensó que nadie la analizaría. Conforme Mendieta relataba los informes de Ortega, el Pargo Fierro se iba poniendo pálido. Mendívil nos dio una lista de novios donde antes no se atrevió a incluirlo, pero lo acaba de hacer. ¿De veras me vas a arrestar? ¿Por qué mandaste eliminar a Pedro? Pediste dinero a tu hija quizá para pagar a los asesinos. Fierro movió la cabeza, fastidiado. Si me vas a arrestar hazlo ya. También mataste a Orozco, tú eras el único que sabía que trabajaba en el sobre y el mensaje con que amenazaste a Pedro. Abrió la boca pero no emitió palabra. Pensaste que todo quedaría entre ustedes, ¿verdad?, pero ya ves que no. A unos metros había una camioneta negra de gran elegancia, el Zurdo la miró un momento. Mendívil, que también estaba enamorado de Larissa, te vio varias veces con ella en esa camioneta. El Pargo se aflojó. Hay que tener agallas para engañar a un amigo tan decente como Abel Sánchez. ¿Te parece? Y mucha desvergüenza; y Rendón resultó un pobre pendejo, con la idea de que el Grano Biz estaba implicado no dudó en cerrar el caso, y tú feliz.

El Zurdo, que era un caballero, se acordó de Janeth, de la noche en que fueron a cenar y de la promesa que le hizo de cuidar a su padre. El hecho de que la detective Toledo esté ausente es intencional; por tu hija, para quien eres lo máximo, ¿crees poder resolver este asunto al estilo de los grandes hombres? El Pargo lo pensó un momento, miró la puerta de la jefatura de donde nadie salía, luego clavó su mirada en el hombre que lo conminaba con dureza. Gracias, detective.

A veces, los demonios se sientan a fumar tranquilamente.

Tres horas después, en plena autopista, escuchando "Let It Be", con los Beatles, sonó el celular del Zurdo. Era Janeth.

LATEBRA JOYCE, verano de 2017